Les yeux dans le dos

Maquette : Bruno Vergnas

EAN : 9782367603452

Azouz Begag

Les yeux dans le dos

Fable romanesque

Encre d'Orient

ERICK BONNIER

L'été à Damas s'annonçait des plus chauds en ce début juillet 1860. Une fièvre climatique excessive n'augurait rien de bon, les anciens le disaient à qui voulait l'entendre, sans savoir eux-mêmes quoi en penser. Une angoisse s'était installée dans l'atmosphère brumeuse. L'air était trop lourd, les gens en pâtissaient, autant que les animaux et la nature. Les rivières peinaient à réfléchir leurs étincelles dans le miroir du ciel. Heureusement, le mont Kassioune et les montagnes alentour soufflaient un vent frais sur la plaine, soulevant les senteurs enivrantes des plantes et des fleurs du pays. Elles apportaient un peu d'air et d'énergie à Ibrahim et Elias, les deux amis, qui, à pas lents et précis, cheminaient à travers la campagne couverte d'oliviers, de mûriers et d'arbres fruitiers.

— Nous suffoquons, mais ça sent si bon ! s'extasia Ibrahim. Ce pays est un flacon de parfum ouvert.

— Je meurs de soif ! lança Elias dans son dos.

Ils approchaient des portes de la cité, escortés par des papillons joueurs et fiers de porter leurs couleurs, réjouis dans ce coin de paradis qui étrennait ses charmes à chaque repli. Dans les zones d'habitat clairsemées, les maisons carrées aux plates terrasses réverbéraient la lumière qu'elles renvoyaient par ricochets au-dessus des sombres cyprès et des peupliers élancés, en frôlant les champs de blé. Les décors bucoliques offraient à la rêverie un mélange sublime et mélancolique.

Sous le soleil cuisant, Ibrahim et Elias longèrent un sentier dont les murs étaient coiffés de lierres, de lichens en fleur, de vignes sauvages, de plantes aux cent nuances, au point qu'on n'en distinguait plus les pierres.

— C'est beau ! s'esclaffa Elias. On dirait des remparts de verdure et de fleurs.

— On est à Salié, en déduisit Ibrahim en posant sa main sur la coiffure du mur.

— Tu as la géographie dans la tête, mon vieux. Bravo ! Ton nez remplace tes yeux…

D'immenses aloès laissaient pendre leurs figues épineuses sur leur tête.

— J'ai soif, moi aussi, dit Ibrahim en essuyant des gouttes de sueur qui perlaient sur son front. Et tu pèses lourd…

— On va s'arrêter au puits, proposa Elias. Pose-moi.

Trois Bédouins avec leurs ânes chargés de marchandises, aux pattes avant entravées par une corde, étaient déjà là, depuis peu, semblait-il. Ils saluèrent les deux amis avant de se retirer sous un aloès pour faire leur prière.

Devant la petite assemblée se trouvait le mausolée d'un homme célèbre enterré là en 1240, le grand philosophe né à Cordoue en Andalousie, Ibn'Arabi, comme l'indiquait une information joliment calligraphiée.

Bien que paralytique, Elias, descendu du dos de son ami où il était juché, se débrouilla comme il en avait l'habitude pour se traîner dans la poussière et aller tirer l'eau au puits. Surpris, les hommes le regardèrent sans lui prêter assistance, comme s'ils étaient gênés par son infirmité. Il but, puis, à son ami aveugle, lut à haute voix une inscription sur un panneau, évoquant le grand savant qui avait illuminé la pensée islamique en son temps, et dont l'influence spirituelle était encore vivante dans bien des continents.

— Il est mort en 1240 et aujourd'hui nous sommes en 1860 : ça fait combien d'années ? interrogea Elias.

— 620 exactement, professeur ! réfléchit Ibrahim. C'est beaucoup ! Et ce savant était déjà si intelligent, alors qu'il n'y avait rien à son époque, c'est surprenant...

— Comment ça, rien ? Tu te trompes, rectifia Elias. Il y avait des livres, des écritures, des bibliothèques, des savants, des médecins, des philosophes, des mathématiciens comme le célèbre Al Khawarizmi, pour n'en citer qu'un...

— Tu as raison. Je me trompe, admit Ibrahim. La citadelle de Damas a été construite vers l'an 1000... et bien d'autres choses encore comme notre mosquée des Omeyyades, et... mais dis-moi, qui était Al khawa...

— Al Khawarizmi ! Un astronome, astrologue, mathématicien, géographe... Si ma mémoire est bonne, il est né en 780, je ne sais pas où, et mort à Bagdad en... je ne sais plus où, j'ai un trou...

— Al Khawariz... réessaya Ibrahim, impressionné.

— Les Latins qui ne pouvaient prononcer son nom correctement l'appelaient Algorithme… Il a inventé l'algèbre il y a des siècles, alors tu vois, avant nous, il y avait des gens intelligents partout…

— Désolé, je ne connais pas l'algèbre… Tu sais beaucoup de choses, Elias, tu es un puits de connaissances. Avec toi, j'apprends chaque jour…

— Je lis. C'est la clef, cher ami. Lire !

— Je sais. La lecture ouvre les yeux, dit Ibrahim… Moi je n'ai pas eu la chance d'en avoir…

— Tu sais quoi ? l'interrompit Elias en regardant le mausolée. Eh bien j'aimerais bien être enterré près d'Ibn'Arabi !

En changeant de discussion, il cherchait à détourner la mélancolie qui risquait d'entrer dans le cœur de son ami à propos de sa cécité. Ibrahim virevolta vers lui.

— Que dis-tu là ? ! s'écria-t-il. Ne parle pas de mort. Ça porte malheur ! Tu vis près du souvenir de ce grand savant, c'est déjà bien… Nous avons toute la vie devant nous, ce n'est pas le moment de penser à ton enterrement !

Elias insista :

— J'aimerais quand même bien être enterré près de lui pour m'imprégner de son savoir pendant l'éternité, sinon j'aurais peur de m'ennuyer… C'est long l'éternité, il faut avoir de quoi s'occuper…

— Tu es espiègle. Tu sais que je suis sensible et tu me parles de la mort pour me faire peur… lui rétorqua Ibrahim en épongeant son front avec un tissu imbibé d'eau.

— Moi je n'ai pas peur de la mort, poursuivit Elias. Avant de te rencontrer, je l'implorais chaque jour pour me libérer, tant ma vie était monstrueuse…

— Je le sais. Moi, c'est pareil. Mais maintenant c'est fini. Toi et moi nous regardons ensemble dans la même direction…

— Oui, c'est une bonne définition de notre amitié : regarder dans la même direction…

Elias pointa sa main à gauche, Ibrahim à droite.

— Ensemble ! lancèrent-ils en chœur.

Synchronisés. Rieurs.

Ils trinquèrent dans des récipients rudimentaires en bois déposés au bord du puits à l'usage des passants.

— Santé ! dit Ibrahim. À Monsieur Algorithme !

— À Ibn'Arabi !

Sous le soleil de plomb, l'eau de source naturelle rafraîchissait délicieusement leur palais.

Ici, à Damas, comme dans le pays, les gens vénéraient le savant Ibn'Arabi, même les analphabètes qui étaient les plus nombreux et qui en parlaient souvent à leurs enfants pour leur faire goûter son immense connaissance du monde des hommes. Son nom était sur toutes les lèvres.

Quant à Ibrahim et Elias, qui n'étaient jamais allés à l'école, ils s'étaient surtout nourris des savoirs de la rue qui n'était pas sans richesse, elle aussi, sur le genre humain.

Ils se recueillirent à la mémoire du savant, chacun dans ses prières intimes.

— Tu as fait un vœu ? demanda Elias.

— Bien sûr !

— Je peux savoir ?

— Qu'aucun d'entre nous deux ne meure avant l'autre, déclara Ibrahim.

— Hum, ça va être difficile...

— Si l'un de nous deux meurt, je ne m'en remettrai pas, plaisanta Ibrahim.

— Tu me taquines...

— Oui, comme toi tu le fais avec moi.

— J'aime ton humour clairvoyant…

— Clairvoyant, ah oui, comme tu dis ! En tout cas, si tu meurs avant moi, tu me prendras la main pour m'emmener…

— D'accord.

— Jure-le !

— Juré. Ensemble à la vie, à la mort ! C'est mon vœu le plus fort.

Vêtus de leurs tenues traditionnelles, les trois hommes arrivés avant eux au puits ressemblaient à des Druzes des montagnes libanaises. Ils avaient l'allure de marchands itinérants. En route vers les souks et les caravansérails de Damas, ils avaient abreuvé leurs mulets et leurs ânes délestés de leurs pesants chargements. Intrigués, leurs regards obliques étaient scotchés sur les deux jeunes adeptes d'Ibn'Arabi qui avaient l'air de bien rire ensemble, mais ne posèrent pas de questions indiscrètes sur les malheurs qui les avaient accablés l'un et l'autre.

— Que tes prières soient acceptées, dit Elias à l'un d'eux qui repliait son tapis.

— Merci, l'ami, dit l'homme.

— Que vos vœux les plus chers le soient aussi, répondit le plus âgé du groupe qui fumait une cigarette, allongé sur une natte à l'ombre d'un âne.

— Vous êtes Druzes ? demanda Elias.

— Oui, du Hauran, répondit l'autre. Et vous ?

— Moi je suis chrétien maronite et Ibrahim musulman sunnite. Nous sommes frères. Nous habitons près d'ici… nous nous rendons à Damas…

— C'est bien. Vous faites un bon attelage. Que dieu guide vos pas.

Désaltérés, les amis échangèrent de nouveau des formules de politesse et reprirent leur route, sous les regards toujours discrets des marchands qui murmuraient des propos sur leur infortune.

Un peu plus tard, ils longeaient de vastes plantations de mûriers avant d'arriver dans un petit bourg, un village mixte, dont la majorité des habitants semblaient être musulmans et le reste, chrétiens, à en juger par leur apparence, surtout celle des femmes.

Tout autour, des champs de roses s'étiraient en sillons à l'infini, tels de longs doigts fleuris.

— Nous sommes à Zebdeni, informa Elias.

— Je sais. J'ai senti les roses, confirma Ibrahim. J'adore ces fleurs depuis que je suis né, particulièrement les blanches et les rouges…

— Comment sais-tu si elles sont rouges ou blanches, toi qui ne vois pas ?

— Je les sens, je les caresse, je les connais et je les reconnais…

— Moi j'en suis incapable…

— Tu as d'autres facultés, tu connais l'algèbre, algorithme, et tu sais compter l'argent, puisque tu dis que tu es mon agent…

— Compter l'argent ? Ah ça oui, surtout celui qu'on n'a pas ! Chaque jour, j'arrive très vite à notre bilan : *sifr*[1] ! Zéro.

1. Zéro, en arabe. Qui a donné « chiffre ».

Dans les merveilleux paysages qu'ils traversaient, même le silence était religieux. Dieu avait créé cette partie de l'Empire Ottoman pour le meilleur, mais Il savait qu'il pouvait hélas aussi servir aux hommes pour le pire… pensait Elias à haute voix en évoquant la dernière guerre entre Druzes et chrétiens au Mont-Liban, à laquelle les marchands de la fontaine lui avaient fait penser.

Les Druzes, pratiquant une religion singulière, dérivée de l'Islam, étaient très souvent en bisbille avec les chrétiens, leurs voisins depuis des siècles, dans leur région conquise au septième siècle par les Arabes, au seizième par les Ottomans, maintes fois envahie, privée de stabilité et de paix. Le pays entier souffrait de la malédiction d'être trop beau, trop riche et bien situé entre l'Europe et l'Asie pour le commerce de la soie et d'autres richesses.

Elias se rappelait qu'en mai dernier, un énième incident entre les communautés avait encore dégénéré en massacre au cours duquel les Druzes, rejoints par les musulmans chiites et sunnites, avaient pris d'assaut une ville entière et tué nombre de chrétiens. Pure folie ! À

Damas, dans les rues, les boutiques et les cafés, les souks, les *khans* et les mosquées, les gens glosaient beaucoup sur cet embrasement qui risquait d'atteindre la capitale où vivaient 20000 chrétiens, dont plus de la moitié Grecs-catholiques et orthodoxes, parmi les 150000 habitants à majorité musulmane. Chaque jour, des rumeurs de malheur enflaient dans les ruelles, tandis que le ciel se couvrait de cumulonimbus géants qui risquaient de lâcher orages, éclairs et grêle à tout moment. Oui, cet été à Damas s'annonçait des plus chauds en ce début juillet 1860. La fièvre climatique excessive n'augurait rien de bon.

Malgré la lumière menacée par l'obscurité, les deux compagnons, brillants, jeunes et bienveillants, avançaient toujours avec optimisme vers leur destination. Remplir leur ventre était leur mission.

— Que pouvons-nous faire contre la guerre, nous autres ? Nous ne sommes rien, soupira Elias, même incapables de trouver comment manger à notre faim…

— Dieu nous met à l'épreuve, pensa Ibrahim.

— Quelle ironie dans notre si beau pays ! regretta Elias en balayant le paysage d'un regard triste et attendri.

— L'avidité, l'argent… maugréa Ibrahim. Et le pouvoir. Ces trois poisons créent des conflits entre chrétiens, Druzes, juifs et musulmans. La religion n'y est pour rien, elle a bon dos, simplement.

— Toi aussi, tu as bon dos… pour moi ! rigola Elias, toujours réticent à se laisser embarquer dans les tristes pensées.

— Tu as raison de te jouer de ces malheurs, mon ami, moi aussi il ne faut pas trop me secouer, je suis plein de larmes…

Ils se turent un instant, puis Elias, dont le ventre gargouillait, reprit la parole :

— … de l'argent, si on avait un peu, juste de quoi manger à notre faim, ce serait bien… la première chose que j'achèterais, c'est…

— Un âne pour te porter à ma place ?

— Non.

— Un beau vêtement tout blanc ?

— Un énorme poulet grillé. Pour nous deux !

— On y arrivera, *ouallah* ! On l'achètera. On s'en paiera même deux, un pour chacun ! Pourquoi se priver ?

— D'accord. Quand on aura un peu plus d'argent, après le poulet grillé, je me paierai aussi un meilleur siège, bien rembourré à la laine de mouton, pour voyager sur ton dos. Ces derniers temps, celui-là me fait mal au derrière…

— Oh le *miskine* ! Désolé pour l'inconfort, mais je ne peux pas installer une selle de cheval sur mon échine, ça pencherait trop vers l'avant… plaisanta à son tour Ibrahim.

En dépit du risque de guerre religieuse qui menaçait le pays, sur la route de Damas, les roses de Syrie déroulaient sous leur pas leur magnifique tapis pourpre et velouté, au fur et à mesure qu'ils avançaient. Autour d'eux, des fleurs montantes coiffaient leurs cheveux violets et écarlates, le buis, la mauve, les giroflées, le basilic et une multitude de plantes embaumaient l'atmosphère. L'invitation à la halte était permanente pour s'enivrer de leurs fragrances.

Oui, la Syrie était un flacon de parfums ouvert.

Et l'eau ! Elle ajoutait admirablement à son charme. Elle coulait partout, grâce aux proches montagnes, entre les champs et les plaines, apportant aux oreilles sa grâce féminine et ses murmures de sirène. Des ruisseaux serpentaient et irriguaient la prairie au milieu de laquelle se recueillait, comme dans un écrin, Damas, la grande, l'antique, la charmeuse.

C'est là que Ibrahim et Elias avaient vu le jour vers 1845. Enfin, c'était une façon de parler, car Ibrahim, né aveugle, n'avait jamais vu le jour au sens propre, il ne pouvait que l'imaginer, au sens figuré.

Parvenus devant une manufacture de sabres réputée dans la région, ils restèrent un moment devant les artisans, dégoulinant de sueur, affairés devant leur outil à leur fabrication. Les bandes minces et alternatives d'acier et de fer dont ils étaient faits les rendaient si flexibles qu'ils se pliaient jusqu'à la poignée, tout en leur permettant cependant de couper les corps les plus durs…

Les commentaires d'Elias réveillèrent une mauvaise pensée chez Ibrahim qui entendait les puissants coups de marteau sur l'enclume résonner dans ses oreilles. D'une nature craintive, il était enclin à redouter les humains.

— Les armes me font peur, dit-il. Je sens que la mort rôde toujours autour de la vie tel un charognard affamé prêt à s'engouffrer dans le moindre espace laissé vacant par l'amour et l'amitié…

— Je déteste aussi les sabres, les haches et les couteaux, dit Elias. Ils sont faits pour semer la mort…

— … surtout entre musulmans et chrétiens, trop souvent si prompts à se haïr plutôt que s'aimer, à s'entretuer plutôt que s'entraider, se désola Ibrahim.

— S'il était vivant, Ibn'Arabi aurait dit qu'entre hostilité et hospitalité, la différence est ténue, que le paradis et l'enfer sont deux pays contigus, mais moi je ne sais que dire malgré tous les livres que j'ai lus…

Ce qu'Elias savait avec certitude, c'était que, comme au Liban, en Syrie, l'équilibre qui tenait la mosaïque de peuples, chrétiens maronites, musulmans chiites, sunnites, juifs, Druzes, Grecs orthodoxes, Kurdes, Bédouins, Métualis[1]… était si fragile, que chaque incident pouvait brusquement virer à la tragédie. Ici, en Orient, on avait

1. Ancien peuple chiite assimilé aux Kurdes.

le sang chaud, malgré la qualité d'accueil légendaire des gens, tous, sans distinction, dans la région. Quand la colère du peuple grondait dans la rue, pour une raison ou une autre, et que les pavés étaient frappés par les sabots des manifestants, les autorités ottomanes savaient qu'il fallait éteindre le feu rapidement sous peine d'embrasement. Au pays du cèdre, il fallait sans cesse anticiper la possibilité d'une rixe, d'une guerre, d'un massacre, toujours latente, et consulter les oracles, les cartomanciennes, les cheiks, les oulémas, les imams, les rabbins, les prêtres, dans les mosquées, les églises et les synagogues…

Les services de renseignements de la police et de l'armée étaient sur le qui-vive en permanence. Tout comme ceux des consulats étrangers. Une rumeur, un banal fait divers, une insulte en public, une provocation, une parole déplacée, un affront, se transformait en étincelle susceptible de mettre le feu à la poudrière.

C'est du reste ce que sembla corroborer à cet instant précis un éclair qui zébra le ciel d'été, comme si le cumulonimbus gonflé d'énergie électrique fomentait un mauvais coup en hauts lieux. En bas, sur terre, appuyés sur leurs cannes, les anciens, dos courbé et nez en l'air, le disaient à qui voulait l'entendre, sans savoir eux-mêmes quoi en penser. Ils ne lisaient pas encore dans les lignes de la main du ciel, comme savait le faire l'astrologue Algorithme, huit siècles avant eux, et dont Ibrahim connaissait l'existence depuis peu. Cependant, ils constataient que le ciel était trop chargé, telle une outre qui devait se dégonfler tôt ou tard, nul besoin d'être savant pour le voir.

En Syrie, les relations entre communautés avaient commencé à se dégrader vers 1840, quand les non-musulmans, les *dhimmis*, bénéficièrent de la liberté de religion et furent protégés par les lois ottomanes. Dès lors, Grecs, Arméniens, juifs et chrétiens purent légalement remplir de hautes fonctions dans les institutions, tels interprètes, envoyés spéciaux, médecins, secrétaires et conseillers, pour des sultans et des notables. Mais leur insertion dans le tissu local dérangeait les musulmans de Damas, qui en réaction, formulaient des arrêtés leur interdisant de revêtir le turban blanc, monter à cheval en ville, posséder des esclaves et vendre du vin publiquement… Jalousies, sentiments d'injustice et haines s'étaient enkystés dans les esprits durablement, si bien que depuis une vingtaine d'années, les incidents se multipliaient contre les *Dhimmis*.

« J'ai tendance à ne voir que le mauvais côté des choses à propos des relations entre les communautés et les religions, continua Ibrahim, chemin faisant, mais on oublie souvent ce qui marche bien… »

Il voulait dire que derrière les apparences belliqueuses, les liens étaient plus complexes qu'ils n'y paraissaient et les musulmans avaient en réalité des sentiments ambivalents à l'égard des chrétiens qui vivaient sur la terre où ils étaient majoritaires. Ils avaient de l'estime pour les missionnaires chrétiens, jésuites, capucins, lazaristes, maristes, les sœurs de la charité, qui avaient apporté des services de santé à une ville désertée par l'administration ottomane, et sans hôpitaux publics. Grâce aux soins, ils avaient gagné leur place dans la société, surtout les sœurs de la charité qui jouissaient d'une excellente réputation. Lors des épidémies qui avaient décimé les habitants, dans leur dispensaire du quartier Bab Touma, elles avaient soigné les chrétiens mais également les musulmans des quartiers pauvres qui venaient de loin et qui, en retour, offraient l'hospitalité aux missionnaires s'ils venaient à passer par leurs terres.

En tout cas, ils retournaient dans leurs villages guéris, enchantés de l'accueil reçu et allaient répandre la réputation du dispensaire. Comme les mauvaises, les bonnes nouvelles circulaient rapidement de bouche en bouche dans la contrée…

Même Ibrahim et Elias s'y étaient rendus pour des soins. Ils avaient fait la connaissance d'une sœur de la charité, Marie, native de Lyon, d'une famille de soyeux, d'une générosité sans bornes. Elle leur avait donné des médicaments et de quoi manger à chacun, lorsqu'ils pensaient avoir contracté une grave maladie comme le choléra. Jamais elle avait interrogé leurs croyances religieuses. Soigner était sa seule mission.

Très connu, l'hôpital français Saint-Louis des missionnaires chrétiens participait aussi à la lutte contre les épidémies en distribuant des vaccins et sérums anticholériques, antitétaniques, antipesteux. Les Damascènes le nommaient « la maison où l'on guérit ». Là aussi, les patients étaient soignés sans distinction aucune. Tous les gens le savaient. L'humanité qui y régnait était belle à voir. Il suffisait d'ouvrir les yeux et les cœurs pour réaliser les liens sincères et profonds qu'elle tissait entre les communautés et les religions, quand la santé était au centre des préoccupations. Mais il fallait du courage pour aller vers la fraternité, tant la méfiance était partout dans les communautés. Un poison.

En ce début de juillet 1860, à Damas, personne n'avait trouvé comment chasser les lourds cumulonimbus qui semblaient constamment en alerte dans le ciel et cachaient la lumière, tels des vautours qui attendaient leur tour…

Ce jour, malgré tout, alors que l'histoire préparait une tempête dans la région, Ibrahim et Elias continuaient leur petit bonhomme de chemin en direction de Damas la lumineuse, qui se dévoilait, tels des pétales de fleurs, dans une confusion magnifique de rose, de vert et de blanc. À l'ombre des beaux jardins d'orangers et de grenadiers, des habitants se promenaient tranquillement, tandis que les colombes roucoulaient dans les arbres et sur les murs des monuments anciens sur lesquels le temps s'était arrêté. La plus ancienne cité du monde offrait aux voyageurs sa somptueuse mosquée des Omeyyades, ses églises, ses remparts, ses palais, ses ruelles couvertes bordées de boutiques et ses souks, ses maisons traditionnelles, ses quartiers d'artisans... Elle n'avait jamais cessé de nourrir l'imaginaire des poètes.

Même le Français Alphonse de Lamartine, amoureux de l'Orient, y avait séjourné en 1832.

Il y avait des raisons. Si Damas était si agréable à vivre, c'est qu'elle était palpitante, débordante de vitalité et d'effervescence grâce à son florissant commerce de vins, de fruit, de soies, de laines, de prunes, de raisins, d'eaux de senteurs, de savons, qui attirait les gens du monde entier. Toutes les communautés y possédaient des établissements commerciaux, bien que les juifs, quelques milliers, fussent les principaux marchands, souvent banquiers influents auprès du pouvoir politique. Une telle position leur valait des jalousies, notamment de la part de concurrents chrétiens. Ainsi, en témoignait par exemple l'histoire tumultueuse de ce pays avec la fameuse controverse macabre du Père Tomaso, dite « l'affaire de Damas », survenue en 1840 qui avait apporté son lot de violences.

Dans le quartier chrétien, ce moine d'origine sarde et de nationalité française, disparut avec son domestique sans laisser de traces. Le consul de France supervisa l'enquête, confiée aux autorités de la ville. La police se basa sur des déclarations des Grecs orthodoxes qui accusèrent les juifs d'avoir tué les deux hommes pour récupérer leur sang et en faire du pain pour la Pâque juive. L'accusation fit grand bruit. Un barbier juif fut arrêté. Il affirma que le meurtre rituel avait bien eu lieu. Il livra également des noms, dont celui du grand rabbin de Damas et des notables juifs, tel M. Fahri. Les suspects furent emprisonnés et torturés afin d'obtenir des aveux. Deux prisonniers moururent, un autre préféra se convertir à l'islam pour échapper à son sort.

Des musulmans avaient pillé la synagogue. Sous la pression des consuls de pays européens, et après l'intervention de juifs célèbres et riches tels les Rothschild, les autorités avaient relaxé les inculpés. L'affaire eut des répercussions internationales. Elle révélait une nouvelle fois l'équilibre fragile entre les communautés à Damas, attisé par l'intérêt que les puissances étrangères trouvaient à le consolider ou l'affaiblir. Chaque fois qu'il était rompu, le sang coulait et souillait les ruelles de la ville des lumières et des religions.

C'est que Damas vivait de ses paradoxes. La ville du soleil avait ses nantis et, dans les zones d'ombre, ses démunis. Alors que dans les faubourgs déshérités, une épouvantable misère régnait, que les gens affamés se nourrissaient de bouillie de farine et d'huile, dans la ville commerçante, l'argent coulait à flots, comme les eaux de la rivière *Barada*. L'économie reposait beaucoup sur les étoffes mêlées de coton et de soie, mondialement connues, que, d'ailleurs, on appelait « Damas » depuis le XIIe siècle.

Avec le textile, ses ouvrages d'ébénisterie en bois précieux ornés d'ivoire et de nacre de perle étaient également fameux. Pour transporter toutes ces marchandises, les caravanes étaient devenues au cours du temps un élément naturel du décor. Il avait contribué à forger l'identité de la capitale du Levant, passage obligé pour les cortèges de chameaux et dromadaires. Nombreux étaient les *khans* – caravansérails – où étaient stockées les marchandises en attente d'expédition et où les animaux et les marchands pouvaient se reposer, dormir et se restaurer. Le plus beau d'Orient se trouvait au milieu du grand souk, avec son immense coupole portée par des piliers de granit, derrières laquelle se trouvaient des magasins et des escaliers qui conduisaient aux chambres des négociants.

Comme aujourd'hui, Ibrahim et Elias étaient chaque fois ravis de traverser ces lieux effervescents et ses ruelles encombrées par les ânes et leurs maîtres qui les guidaient à grands cris. L'ambiance n'y était jamais la même. L'humeur des gens non plus. Elle dépendait de facteurs aléatoires, ce qui faisait le charme envoûtant de cette ville inattendue et volage.

Sur les petites places, le jasmin donnait le jour à mille lunes blanches agrippées aux barreaux des fenêtres des maisons. Dans le ciel, jamais inactif, en métamorphose permanente, les hirondelles faisaient des cabrioles dans leurs courses-poursuites folles, et les pigeons en escadre allaient et venaient telles des vagues en zigzag, guidées par on ne savait quel mystère au-dessus des terrasses en damiers. Des enfants émerveillés suivaient leur chorégraphie dans un ciel baigné de vert orangé par le soleil couchant.

Ibrahim et Elias parvinrent devant une modeste maison devant laquelle un vieillard, sur sa chaise, tenait sa tasse de café devant lui, sa boîte à tabac et son journal où il parcourait l'actualité, tout en recueillant des fleurs de jasmin blanc tombées sur lui comme des pétales, tourna la tête vers eux, jovial.

— Ah, les compères complémentaires. Comment ça va, aujourd'hui ? s'enquit-il.

— Paix à toi, Hadji Youssef, comme d'habitude... lui répondit Ibrahim.

— Vous allez au *Café des Rosiers*?

— Oui, on voudrait aujourd'hui essayer cet endroit-là... Jusqu'à présent, le succès n'est pas encore au rendez-vous, mais ça viendra, dit Elias. Je le sens chaque jour un peu plus...

— Je vous le souhaite de tout mon cœur. Vous le méritez bien plus que d'autres qui ne souffrent aucun handicap et qui rechignent à l'effort... dans mon quartier, où je suis né, j'en connais pléthore...

Il promena son regard autour de lui pour en chercher, en vain.

— Oui, je sens qu'aujourd'hui est un bon jour, assura Ibrahim. Il y a de bonnes ondes en l'air…

— De bonnes ondes ? sursauta le vieillard avec une mine résignée. Ah, ça dépend où on se trouve. Vous ne connaissez donc pas la nouvelle ?

— Quelle nouvelle ? s'inquiéta Elias.

Le vieux poussa son menton vers son journal ouvert.

— … eh bien l'arrivée aujourd'hui même, vendredi 6 juillet, de deux bateaux de guerre français et anglais dans le port de Beyrouth…

La chaleur amoindrissait les efforts des hommes, dont les voix étaient à l'économie.

Le vieillard poursuivit :

—… la situation entre chrétiens et musulmans dans la montagne du Liban est très tendue depuis mai… et puisque les Turcs ne font rien pour empêcher la guerre civile, les Français et les Anglais sont obligés d'intervenir. C'est une honte, ça ne s'arrêtera jamais ! Voilà plus de trente ans que ça dure…

En ce jour de juillet 1860, sur son petit bout de trottoir, où il prodiguait ses conseils et ses connaissances en sciences politiques, le vieux hadji Youssef souffla de dépit. Il reposa son journal sur la cagette de bois qui lui servait de table.

— Hélas, ainsi s'écrit l'histoire de notre pays riche humainement et économiquement, beau naturellement, mais instable politiquement, convoité par les voisins proches et lointains, soumis aux influences de la politique internationale…

— ... ah oui, regretta Elias. Nous souffrons des discordes entretenues depuis l'étranger...

— Moi je pense que chez nous des gens sont trop pauvres et d'autres trop riches, lança Ibrahim. Ce sont les inégalités entre les communautés qui nourrissent les rancœurs. Nous ne sommes pas tous égaux, comme on a voulu nous le faire croire, certains le sont plus que d'autres...

Ibrahim se référait à une loi signée six ans auparavant par les Turcs, qui avait exacerbé les tensions entre musulmans et *Dhimmis.* Après la guerre de Crimée qui avait duré de 1853 à 1854, opposant la Russie à l'alliance France-Angleterre, et suite à la défaite de la Russie, les Turcs avaient été pressés par les Européens de signer un décret protégeant les chrétiens, leur garantissant qu'ils étaient sur un même pied d'égalité que les musulmans. Ils pouvaient commercer et s'enrichir à leur guise, au grand dam des Druzes du Mont-Liban et des musulmans de la région contraints de respecter leur nouveau statut, alors que la loi avait blessé leur orgueil, à tel point qu'une conspiration s'était organisée dans l'empire turc contre les chrétiens.

— Tu as raison, Ibrahim, voilà ce qui rend fou les humains, ajouta le vieil homme : les inégalités ! Elles conduisent au désespoir... L'an passé, les musulmans, sunnites, chiites, Druzes, Métualis et Ismaéliens ont attaqué les chrétiens partout... j'ai suivi les évènements... Les soldats turcs sont restés passifs une nouvelle fois. Ensuite, les sectes chrétiennes se sont alliées aux maronites. La Russie était prête à intervenir, la France menaçait les

Turcs, l'Angleterre affirmait que les faits avaient été grossis... Hou la la ! Tout cela était allé trop loin...

— Je me souviens de ce jour où les musulmans de Damas avaient fêté les violences commises contre les chrétiens par les Druzes, en allumant des lanternes et des feux, dit Elias. C'était pas bien...

À Damas, la diversité des cultures était une richesse, dommage que le pays fut convoité par les Français, les Anglais, les Russes, les Égyptiens... C'était son talon d'Achille.

— La discorde mènera le Liban au chaos et se répandra chez nous, dans nos rues, lâcha Hadji Youssef...

— Nous aussi nous sommes inquiets, Hadji, mais il faut rester optimiste, n'est-ce pas ? dit Ibrahim. À quoi bon être pessimiste...

— Oui, Ibrahim. Restons-en là. Cette journée sera heureuse pour vous, c'est ce qui compte... une bonne énergie vous guide. Mais venez donc prendre un café avec moi, j'aime votre compagnie...

— Merci beaucoup, Hadj, le devoir nous appelle...

— Alors, bonne chance ! Revenez me voir au plus vite. Je vous informerai de l'évolution de l'actualité du monde...

Les amis saluèrent respectueusement le philosophe du trottoir avant de poursuivre leur chemin dans la grande rue Droite qui séparait les quartiers chrétien, juif et musulman. Elle coupait la ville en étalant deux rangs de boutiques où les richesses de l'Inde brillaient à côté de celles de l'Europe.

Ici, c'était le parfum du café et de la cardamome qui titillait les sens.

— Damas est comme un coquelicot. Si vulnérable. Impossible à cueillir sans être effeuillé. Sa fragilité la rend belle et attachante, déclara Elias dans une fougue amoureuse.

— Je ne pourrais jamais vivre ailleurs, surenchérit Ibrahim. Tout ce que j'aime est là. Je connais le nombre de pas entre chaque endroit...

— ... et chaque fontaine ! ajouta Elias.

— Tu ne crois pas si bien dire. Je pourrais dessiner la ville à pas comptés...

Chaque jour, ils s'arrêtaient devant les nombreuses fontaines qui en faisaient sa subtile douceur. Les lions en marbre autour du bassin remplissaient leurs bouches d'eau puis la recrachaient, dans un jeu qui durait même la nuit. Devant chacune d'elles, Ibrahim s'amusait à reconnaître le clapotis particulier pour imaginer leurs formes, les mains qui les avaient façonnées. Ses doigts cherchaient les détails, les signatures des artistes. Pour l'aider, Elias lui décrivait quand même ce qu'il voyait, mais Ibrahim connaissait déjà chaque endroit sur le bout des doigts.

— Je te l'ai souvent répété, Elias, la cécité ne veut pas dire que je vis dans la nuit. J'ai mes lumières intérieures...

Qu'importait ! Elias tenait à partager ses yeux avec son ami en lui décrivant les détails des maisons particulières construites avec le bas en pierres et le haut en briques jaunes, toujours plus belles au-dedans qu'elles ne le paraissaient au-dehors, qui offraient dans l'intérieur l'éclat et les agréments d'un luxe raffiné.

— On y marche sur le marbre et on voit briller partout l'albâtre et la dorure, rêvait Elias.

— J'imagine chaque grande maison avec plusieurs jets d'eau qui jouent dans de somptueux bassins, je les entends... poursuivit Ibrahim.

Mais les deux amis ne pouvaient que rêver le raffinement des demeures des notables, qui étaient bien cachées aux regards des passants comme des joyaux jalousement protégés. Les pauvres avaient seulement le droit de passer devant, sans s'arrêter.

— Ne m'en veux pas, mon ami, si j'aime bien te décrire les choses, c'est mon plaisir.

Après avoir traversé la rivière par un petit pont, ils parvinrent dans la vieille ville, près du célèbre château entouré de murailles, la citadelle, bâtie vers l'an 1000 et qui, à partir du XVIIe siècle, fonctionnait comme un poste de cantonnement des janissaires, les unités d'élite ottomanes. Le gouverneur de la ville y résidait.

Non loin, se trouvait la mosquée des Omeyyades, édifice monumental baigné de lumière, qui, mille ans auparavant, avait été construite par un calife sur l'emplacement d'une basilique chrétienne. L'homme puissant voulait y accueillir un nombre croissant de musulmans, pour rivaliser avec les Églises de la chrétienté.

— Ça aussi tu me l'as répété cent fois, plaisanta Ibrahim… tu radotes, mon vieux… tu ne te souviens plus de ce que je t'avais dit à ce propos ?

Quand il avait entendu cette histoire, Ibrahim s'était agacé que certains aient toujours vu la religion comme une compétition entre les dieux et leurs croyants. Pour lui, cette rivalité d'influence ne pouvait mener qu'à la guerre. N'empêche, aujourd'hui, les nombreux minarets qui s'élevaient dans les quartiers de la ville lui donnaient son caractère divin, subliminal. Il fallait écouter, à chaque moment de la prière, la symphonie des minarets en chœur, dont les appels se faisaient écho, et qui soulevaient la ville au-dessus du sol, en hommage au Dieu !

On en avait des frissons.

Il fallait voir les fidèles se mettre en mouvement pour se diriger vers les mosquées. Si fervents.

Il fallait entendre le grand silence qui les accompagnait. Si pénétrant.

Damas était spirituel.

Comme Jérusalem.

Damas était éternelle.

Il était autour de midi. Le moment était solennel. Dans les ruelles, sur les places et les terrasses plates, le ciel résonnait des appels à la prière. Pour les écouter, les deux amis s'arrêtèrent et levèrent la tête.

— On dirait que les minarets de Damas pleurent, tu ne trouves pas ? fit Ibrahim ému, les yeux toujours portés aux cieux. Leur âme vibre en moi…

— C'est vrai, mais j'aime aussi entendre les cloches des églises, pas seulement des minarets, dit Elias, elles ajoutent à la spiritualité. J'en ai des frissons chaque fois, moi aussi…

— Pardonne-moi, reprit Ibrahim, je ne parlais pas des mosquées pour t'offenser…

— Je le sais bien. Que vas-tu imaginer ?! Je suis Chrétien et tu es mon frère à la vie à la mort… c'était pour dire que c'est la diversité des cultures du monde qui fait sa beauté…

Dans l'esprit d'Elias, tout était complémentaire. Avait-il besoin de le prouver : il était paralytique, incapable de marcher, et son ami était aveugle, incapable de voir. Le destin avait croisé leurs chemins pour donner un signe d'humanité aux Damascènes et leur éviter de se haïr, de se craindre, pour cultiver l'hospitalité. Du fond du cœur, Elias savait qu'il y avait un seul dieu et qu'Il aimait les humains, sans exception, à qui Il accordait sa miséricorde et Sa bénédiction.

Abandonné dans des gravats, près des poubelles, l'apparition d'Ibrahim pour lui fut un miracle. Pour échapper à la mort, leur sort exigeait de s'aider mutuellement, la charge des malheurs en serait plus légère. L'un et l'autre savaient que le bien que l'on fait à son frère pour le mal dont on souffre, était un soulagement.

Cinq ans auparavant, dans un quartier pauvre à la périphérie de la ville, les deux malheureux, l'un perclus, l'autre aveugle, suppliaient chacun de leur côté le ciel de mettre fin à leur vie, tant elle était affreuse, mais leurs lamentations étaient vaines, la mort ne voulait pas d'eux. La vie avait encore besoin de leur présence sur terre pour une mission humanitaire. Affalé sur une couche de bric et de broc dans un coin d'une place publique, Elias souffrait sans être plaint. Aveugle, Ibrahim était sans guide, sans soutien, sans même un pauvre chien pour l'aimer et le conduire. Un jour, l'aveugle, à tâtons, au détour d'une ruelle, se retrouva auprès du paralytique. Il entendit ses gémissements. Son âme en fut émue. Il s'approcha de lui et lui tendit la main en lui tenant ce propos :

— J'ai mes maux, lui dit-il, et tu as les tiens ; unissons-les, mon frère, ils seront moins affreux.

— Hélas ! se plaignit Elias, tu l'ignores puisque tu ne peux pas voir, mais je ne peux faire un pas ; à quoi nous servirait d'unir notre misère ?

— À quoi ? réagit Ibrahim, écoute : à nous deux, nous possédons le bien à chacun nécessaire ; j'ai des jambes, et toi des yeux, moi je vais te porter et toi tu seras mon guide, tes yeux dirigeront mes pas et mes jambes iront où tu voudras. Ainsi, je marcherai pour toi, tu y verras pour moi[1].

C'est sur ces paroles que les deux complémentaires devinrent les meilleurs amis sur terre. Un seul dieu réunissait leur cœur : celui de l'amitié. Ils n'avaient besoin de rien d'autre pour voir le chemin que Dieu ouvrait devant eux.

1. Cette histoire est issue d'un poème *L'aveugle et le paralytique* de Jean-Pierre Claris de Florian (1755-1794), écrit en 1792.

Bien sûr, à leur passage, dans les ruelles de la ville, des gens avaient peur de leur allure. Les pensant contagieux, ils s'écartaient d'eux, tournaient leur regard pour ne point les voir, d'autres se moquaient de leur curieux attelage, quand certains s'émouvaient de leur courage. Les enfants s'effarouchaient et se sauvaient en les imaginant maléfiques. Parfois, même des chiens se sentaient en danger à leur approche et jappaient à la mort pour éloigner leur mauvais sort.

D'autres fois encore, on leur donnait à manger et à boire, à distance, toujours, pour ne pas risquer la contagion.

Leur vie était compliquée, mais leur belle amitié était une évidente complicité. Ils étaient uniques dans la ville. Quel dommage que les religions n'aient jamais été à l'image de leur belle union ! Ah oui, quel dommage ! Si souvent dans l'histoire, le pouvoir, la trahison, l'envie et les guerres avaient mis les dieux en compétition et conduit les hommes à la barbarie. L'amitié des deux compères était une bouleversante réponse à ce fléau : c'était l'harmonie des contraires. Elle formait une seule âme, dans un seul corps. « Quand je suis avec mon ami, je ne suis pas seul, et nous ne sommes pas deux, aimait à dire Elias. Chez eux, l'amitié avait créé de la beauté au sens pur. C'était celle d'une humanité. Leur vie valait la peine d'être vécue depuis qu'elle avait trouvé le repos dans cette force du cœur et de l'âme. Quoi de plus doux que d'avoir un ami à qui l'on peut échanger comme si on se parlait à soi-même ! Ils étaient en accord sur toutes les choses humaines, respiraient la bienveillance et l'affection. Un cadeau leur avait été donné par les dieux immortels pour compenser leur infirmité.

À Damas, aux rues pavées et souvent garnies de trottoirs, dans le quartier de Bab Swiqa, rue Al-Nakib, non loin de la mosquée des Omeyyades, ils firent halte devant la maison d'un homme célèbre, l'émir Abdelkader. On rapportait qu'elle était l'une des plus belles de la cité, avec celle du riche commerçant Ahnouri qui se trouvait près du *Café des Rosiers*. L'entrée était sans cesse animée par des mouvements de cavaliers et d'hommes à pied qui entraient ou sortaient, chargés de produits, de colis ou de courrier.

— On est devant la maison de l'émir Abdelkader, affirma Ibrahim à Elias. On dit qu'il aime beaucoup les chevaux et qu'en Algérie, son pays, il avait même composé des poèmes pour eux…

— Comment fais-tu pour être aussi précis pour savoir où tu es ? s'exclama Elias. Tu m'étonneras toujours !

— Je compte les pas. Ce n'est pas difficile pour moi. Je connais les distances comme ça, c'est la direction que j'ignore, et pour laquelle je compte sur toi…

Il s'arrêta devant le porche, Elias toujours juché sur son dos, avança sa main vers la grande porte à deux battants et glissa son doigt sur les gros clous plantés dedans pour consolider son armature.

— Que fais-tu là ? s'inquiéta Elias.

— Je compte !

— Tu comptes quoi, cette fois ?

— Les clous !

— Et pourquoi donc ?

— Pour me rendre compte, justement… mes doigts sont mes yeux, ils m'aident à me faire des images…

Ensuite, il caressa des écritures gravées en relief dans les boiseries.

— Ça, ce sont les versets du Coran…

À ce moment-là, un homme, grand et robuste, avec un visage agréable et de beaux yeux clairs, ouvrit la porte et les surprit, tandis qu'Ibrahim baladait ses doigts sur la porte richement sculptée. Fronçant les sourcils, il l'interpella sèchement, sur un ton qui contrastait avec la douceur de son visage :

— Hé. Que fais-tu là, miséreux ?

— Rien, il compte les clous, intervint Elias.

L'homme se renfrogna. Il parut un peu rebuté par la laideur d'Elias et sa voix rauque.

— Il compte les clous ?

— Oui. C'est sa façon de se rendre compte…

— Tu te moques de moi, garnement ? le coupa le gardien.

— Non, c'est vrai. Mon ami Ibrahim est aveugle…

— Aveugle ? reprit-il dubitatif, avant de regarder derrière eux pour vérifier qu'ils étaient bien seuls et que ce n'était pas un coup monté par quelques bandits malintentionnés.

— Oui. De naissance.

— Et il compte les clous plantés dans ma porte d'entrée ?

— Oui, c'est comme ça qu'il peut imaginer ses formes et sa beauté… et celles de la maison qu'elle protège… il prétend qu'on reconnaît une demeure à la grandeur de sa porte…

Le gardien qui perdait patience, fut pris de court.

— Je n'ai jamais rien entendu de pareil ! Tu dis que ton ami aveugle s'appelle Ibrahim, mais toi qui es-tu ?

— Moi ? Qui suis-je ?

Le gardien s'irrita davantage. Il s'était raidi.

— Dis-moi, tu vas me faire répéter mes questions combien de fois ?

— Je ne suis rien et personne.

— C'est une charade ?

— Non, la vérité. Et je ne m'en vante pas.

— Quel est ton nom ?

— Elias.

— Tu es musulman, comme Ibrahim ?

— Non.

— Druze ?

— Non. Chrétien maronite.

— Comment s'appelle ton père ?

— Je ne l'ai jamais connu. Je suis orphelin, nain, je n'ai pas de nom et je ne peux pas bien marcher, seulement me traîner… Ibrahim m'a sur le dos tous les jours pour aller travailler…

— Tu ne me chantes pas d'histoires ?

— Non. Je dis vrai. Ibrahim aussi est orphelin. Il est mes jambes, je suis ses yeux. Nos deux moitiés font un. Nous savons que nous sommes l'un pour l'autre en vie, grâce à l'autre.

Soudain, l'homme changea d'attitude. Il parut touché par cette histoire. Ses yeux se remplirent de compassion, mais il n'en voulut rien montrer pour garder les apparences de sa fonction.

— Je vous crois. Que Dieu vous vienne en aide, mais je ne veux plus que vous veniez toucher cette porte. Vous vous rendez compte, malheureux, si tous les gens qui passent dans la ruelle se mettent à faire comme vous ? Bientôt, ils vont graver leurs noms sur le bois précieux...

— Pardon, dit Ibrahim qui parlait pour la première fois. Je n'avais pas pensé à ça... je vous demande pardon...

— Tu es pardonné, malheureux, mais ici habite un homme important qui doit être protégé pour servir la religion et l'humanité et je suis chargé de sa sécurité...

— L'émir Abdelkader ! jaillit Ibrahim.

— Comment sais-tu cela ? demanda le gardien intrigué.

— Qui ne le sait pas à Damas ? Être aveugle ne m'empêche pas de connaître beaucoup de choses...

— Pareil pour moi ! plaça Elias. Je suis paralytique, mais pas inculte ! J'aime lire et souvent je fais des lectures à Ibrahim...

Le gardien était secoué. Il orienta sa tête alternativement vers le visage d'Ibrahim puis celui d'Elias, comme s'ils ne faisaient qu'un sur le même espace.

Il adoucit son expression :

— Bon, vous faites une belle paire de garçons, c'est bien, vous avez du courage, mais je n'ai pas le temps de faire la conversation. Passez votre chemin et qu'Allah vous aide… et Jésus !

Soudain, depuis l'intérieur de la demeure, une voix dans son dos le héla : « Samir, que fais-tu ? On a besoin de toi par ici ! »

— J'arrive.

Il referma la lourde porte de bois et disparut vers la maison dont Elias put apercevoir le marbre, les boiseries et la charmante fontaine de la cour intérieure.

— J'ai cru voir l'émir ! chuchota-t-il dans l'oreille d'Ibrahim.

— Blagueur ! On ne voit pas l'émir comme ça…

— Oui, c'était une plaisanterie. Ne le vois pas qui veut… mais qui sait, un jour, il nous fera visiter sa maison et nous invitera à déjeuner…

— Il faut qu'Allah et Jésus préparent ensemble cette rencontre miraculeuse…

Ici à Damas, tout le monde connaissait Abdelkader, qu'on nommait « le fils de Muhiédine », son père, érudit et membre d'une confrérie soufie influente, la *Kadria.* Un personnage de la grande histoire. Un Algérien. Une figure de la lutte contre la colonisation française qui avait commencé en 1830, trente ans auparavant. Il se disait à Damas que les officiers français qu'il avait combattus avaient admiré son génie militaire et l'humanité dont il témoignait envers les soldats prisonniers. On dit aussi qu'il aimait le peuple de France et les chrétiens, même pendant la guerre qu'il menait contre eux pour libérer sa terre.

Ce Soufi ne connaissait pas le sentiment de haine. Sa vie intérieure spirituelle était beaucoup plus grande que celle extérieure. Il était détaché des biens matériels et n'écoutait que son cœur. Après sa défaite et sa reddition en 1847 en Algérie, il avait été détenu dans un beau château de France, à Amboise, en bord de Loire, avant d'être libéré en 1852 par Napoléon III. Le prince des Français, à cette époque, projetait de bâtir un empire arabe au Moyen-Orient servant les intérêts de son pays. À l'émir, devenu son ami, et auquel il pensait pour gouverner cet empire, il avait versé une pension importante en l'exilant en Turquie, puis à Damas où il arriva en 1855. Avec ces deniers, Abdelkader avait acheté sa maison dans la vieille ville et son palais résidentiel de Doumar à la périphérie.

Cinq ans après son arrivée en Syrie, en ce mois de juillet 1860, comme les Français, les habitants de Damas, chrétiens, musulmans, juifs... respectaient l'homme humaniste et connaissaient l'étendue de sa culture philosophique et théologique. C'était un musulman saint et savant.

— Toi qui sais tout, Elias, pourquoi l'émir algérien est venu s'installer à Damas ?

— Ibn'Arabi est enterré à Salié. Il voulait l'être près de lui.

Pour Ibrahim et Elias, avoir deux grands penseurs de la religion et de l'humanisme près de chez eux, l'un mort et l'autre vivant, était une bénédiction et le signe de l'importance de l'éducation dans l'existence des hommes. Eux qui n'étaient jamais allés à l'école, nés dans la plus grande pauvreté, étaient impressionnés par cette proximité.

— Un jour, dit Ibrahim, j'ai entendu un imam dire qu'une tradition musulmane voulait que Dieu envoie tous les siècles un saint savant pour rectifier la mauvaise tendance des hommes à s'écarter du bon chemin, pour sombrer dans la *Jahiliyya*, l'ignorance, la violence et la débauche.

— Tous les siècles, lança Elias ? Mais d'où sors-tu ça ?

— De l'imam. Il a dit que pour notre siècle, l'Envoyé avait été l'émir Abdelkader.

— Tu l'as rencontré où, cet imam ?

— À la mosquée, pardi.

— Tu y vas seul ?

— Ben oui. Parfois.

— Comment tu fais ?

— Allah guide mes pas.

— Et tu ne me le dis pas ?

— Non, pas toujours. J'ai une vie privée, plaisanta encore Ibrahim.

Dans la ville, l'Envoyé de Dieu pour le dix-neuvième siècle résidait au sein d'une petite communauté d'une dizaine de milliers d'exilés algériens à Bab Swiqa. La colonisation française en Algérie les avait incités à rejoindre les villes de l'Empire ottoman, surtout Damas, à partir de 1855, à l'arrivée d'Abdelkader. Fondus dans le tissu social et économique local, ils étaient devenus fonctionnaires religieux, civils ou militaires, artisans ou agriculteurs, tisserands ou militaires dans des corps spéciaux de l'armée ottomane… Les tisserands étaient les plus nombreux, pour la plupart kabyles, parce que c'était leur spécialité. D'autres étaient cordiers, bonnetiers, cordonniers, menuisiers, boulangers, colporteurs, herboristes, écrivains publics. D'autres encore matelassiers, maçon, cocher, chamelier, ânier, charbonnier, serrurier… On trouvait de tout.

Une poignée d'entre eux seulement était négociants ou propriétaires. C'étaient les notables de la colonie algérienne. Ils se comptaient sur les doigts d'une main, car les plus importants étaient chrétiens et juifs.

Bab Swiqa, où ils avaient apporté leur manière de vivre et leurs rites, était un quartier intermédiaire entre celui chrétien de Bâb Mussala et le reste du faubourg de Maydan majoritairement musulman. Ils y avaient construit une grande mosquée, dont l'iman n'était autre que… l'émir Abdelkader lui-même. Comme lui, ceux perpétuant une longue tradition de lettrés et de savants maghrébins participaient aussi à la vie intellectuelle et spirituelle damascène.

C'est là, dans sa maison derrière la grande porte cloutée, qu'Abdelkader rencontrait des érudits, écrivait et éditait des livres pour promouvoir l'éducation, la culture des peuples et la connaissance de la religion. Dans la vie sociale, il s'investissait dans le mécénat en soutenant des lieux de prière et d'étude avec d'autres Algériens. Tout allait pour le mieux en exil, excepté la *ghorba :* la nostalgie du pays natal. Elle était douloureuse pour ceux qui ressentaient en Syrie une hostilité parce qu'ils étaient l'objet d'un enjeu politique entre la France, ami et protecteur des chrétiens, et l'Empire ottoman, allié de l'Angleterre, ami des Druzes et des musulmans.

Le consulat français, tout comme les Turcs, les surveillaient. Paradoxalement, alors qu'ils avaient fui l'oppression coloniale en Algérie, la France leur avait accordé sa protection en Syrie. À Bab Swiqa, Abdelkader s'était imposé comme un guide pour ces immigrés qui, contrairement aux Kurdes et Grecs crétois installés en périphérie, étaient les seuls étrangers à habiter la vieille ville pour s'intégrer aux gens. La venue de l'Émir leur donna de la vigueur. Ils pouvaient compter sur ce compatriote protecteur charismatique et emblématique en cas de différends avec les autorités ottomanes.

En ville, l'émir ouvrit des établissements scolaires pour incruster chez les jeunes l'amour de Dieu et des sciences. Sa pensée était nourrie de l'enseignement d'Ibn'Arabi, mais aussi de philosophie grecque, de néoplatonisme alexandrin, de gnose orientale. Chrétiens et musulmans qui le croisaient dans les rues admiraient son savoir et le saluaient avec déférence. Philosophe et poète, il était un de ces spirituels de l'Islam pour qui la véritable indépendance de l'esprit passait par le renoncement aux richesses illusoires de ce monde. Tous ceux qui l'avaient approché disaient qu'on sentait en lui une volonté d'être utile aux autres, de se surpasser en loyauté et en dévouement.

En fait d'avenir, il ne croyait qu'à Dieu, à la liberté et à la vertu.

Ce sont ces raisons qui avaient fait naître chez Ibrahim et Elias le rêve fou de rencontrer cette légende vivante.

Un jour, les journaux locaux avaient évoqué le projet de l'émir d'assainir le quartier de la vieille ville qui ne comptait pas moins de onze tavernes, « d'où se dégageaient les émanations d'alcool et s'exhalaient les relents du péché de la chair. » Elles empêchaient les croyants d'y passer, même de le traverser pour se rendre à la mosquée le vendredi. Propriétés d'autochtones chrétiens et de Français, ces tavernes étaient fréquentées par des hommes de tous bords et tous horizons. Abdelkader choisit un de ces lieux de débauche pour le reconvertir en lieu de culte, parce qu'il était mitoyen de la grande mosquée des Omeyyades et tout près des sépultures de la famille du Prophète.

Avant lui, certains riches commerçants avaient tenté de les acquérir pour leurs négoces, mais les propriétaires en exigeaient des sommes considérables. Lorsque l'Émir les convoqua en sa maison pour les convaincre de les lui céder, ils acceptèrent sans négocier. Sa parole avait une force de conviction incontestable. De ces tavernes, il fit bâtir un complexe éducatif destiné à stimuler la recherche et l'effort intellectuel, à un moment où la culture arabe vivait sur ses souvenirs. Il nomma à sa tête une éminence grise, un proche d'origine algérienne qui connaissait tous les préceptes du Prophète et les enseignait déjà dans la région.

Après cette opération, l'émir gagna en respectabilité auprès des musulmans de la ville et même des autres communautés religieuses. La fréquentation de sa mosquée s'en trouva accrue. Un jour, lors d'un prêche, il lança : « Il est bon d'être moderne ! » pour défendre l'esprit critique contre le principe de l'autorité. Même si le public présent ne pouvait pas comprendre tout ce qu'il professait, une chose était sûre : le pouvoir turc suivait d'un œil méfiant l'ascension de l'ami de Napoléon III dans la vie locale. Pour eux, il était Français, représentant de la France, défenseur des chrétiens.

Chemin faisant, Ibrahim et Elias étaient entrés dans le quartier chiite de la vieille ville, Ḥarat al-Arfaḍ, où résidaient de riches notables et des commerçants, mais aussi une majorité de pauvres, tisserands le plus souvent. De là, ils passèrent sous la porte du célèbre quartier de Ḥarat al-Nassara, où la quasi-totalité des chrétiens de Damas vivait. Longeant le fleuve *Barada* qui coulait en contrebas, Bab Touma en était l'entrée principale. Ici, se mélangeaient une dizaine de milliers d'habitants de toutes confessions, chrétiennes, grecs-orthodoxes et maronites, melkites catholiques et jacobites, syriens-catholiques. Dans la grande rue se croisaient des portefaix, les porteurs de fardeaux, des hommes coiffés du tarbouche et vêtus de la *gallabiyya* blanche, chevaux et piétons, ânes lourdement chargés de sacs de blé ou carrioles, enfants aux pieds nus, Européens élégamment habillés ou prêtres à la longue robe noire.

Le long de la rue pavée, les hommes s'attardaient près de petits entrepôts où s'amoncelaient des marchandises variées, ou à la porte d'une boutique au contenu hétéroclite. Damas cachait ici ses dédales anarchiques de ruelles étroites, couvertes ou à ciel ouvert, ses maisons carrées et basses en pierre et aux terrasses plates où séchaient le linge, les fruits, les herbes et les épices.

Il n'y avait pas de rue à proprement parler, mais un boyau sinueux entre deux maisons, évoluant selon le caprice des murs, s'élargissant ou se rétrécissant de la façon la plus inattendue, se confondant en une étroitesse angoissante, ou s'arrêtant dans l'uniforme damier des terrasses. Point de façade, mais des murs très hauts, percés de fenêtres grillagées de Moucharabieh et de portes basses, car les maisons tournaient le dos à la rue pour étaler, en une opulence insoupçonnée, les vastes cours intérieures où la vie féminine, à l'abri des regards indiscrets, s'écoulait nonchalante et paisible.

Le Harat-al-Nassara des chrétiens était une ville dans la ville, propre, belle et riche. C'est là qu'on trouvait les boutiques et les petits ateliers où des milliers d'ouvriers sortaient les étoffes de Damas admirées du monde entier. Là vivaient aussi des architectes, sculpteurs, peintres, médecins et riches négociants qui expédiaient leurs marchandises à l'étranger. Ces gens représentaient les Nazaréens de la ville, instruits, aux manières polies, qui fournissaient au gouvernement turc ses meilleurs employés. Au tribunal, composé de musulmans et de chrétiens, la rédaction d'un acte quelconque était impossible sans eux.

Ils étaient aussi fournisseurs de l'armée ottomane, prêtaient de l'argent au pacha, ce qui leur accordait, comme aux juifs, une position sociale privilégiée.

Ces prérogatives irritaient la population musulmane, la plus nombreuse et la plus modeste, qui s'estimait exclue du développement de leur ville et reléguée à des rôles d'exécutants. Souvent le sentiment d'injustice, la jalousie étaient à l'origine d'amertume et de disputes entre communautés.

Il est vrai qu'à Damas, comme ailleurs en Syrie et au Liban, ces communautés étaient inégales devant la fortune comme devant la mort. Le vieux Hadji Youssef avait une fois relaté à Ibrahim et Elias qu'en 1848, lors de la grande épidémie de choléra, les chrétiens avaient subi deux fois moins de pertes que les musulmans, logés dans les quartiers pauvres, mal nourris, inaccoutumés à l'hygiène et sans moyens de fuir la ville. Dans cette triste période, le caractère social de l'épidémie avait choqué, d'autant que les habitants gardaient en mémoire l'émeute qui avait dégénéré dans le quartier chrétien au passage de la dépouille du consul de France victime du choléra, alors que les chrétiens et les juifs avaient quitté la ville pour en réchapper.

Nous y voilà ! » lança Elias.

Après leur déambulation dans les arcanes de la ville, les deux amis arrivèrent devant le *Café des Rosiers,* leur destination finale pour laquelle ils étaient partis aux aurores ce matin et avaient parcouru un long chemin, si plaisant. En bon portefaix, Ibrahim portait Elias mais ne ressentait aucune douleur, ni aucune peine. C'était seulement lorsqu'il ne l'avait plus sur le dos, qu'il avait l'impression d'une absence, tant leurs corps siamois ne faisaient qu'un.

Ils firent chacun de leur côté une prière pour attirer les bons auspices de leur dieu.

Une grande agitation régnait déjà sur la place. Des ânes à l'allure résignée, les oreilles dressées, étaient garés devant l'entrée, sous les arbres, en attente d'un chargement de marchandises. Des commerçants s'activaient comme des fourmis. Devant un atelier minuscule, un couturier plié en quatre, noyé dans une montagne de tissus, était pressé par des clients hommes et femmes impatients. Un écrivain public, élégamment vêtu pour faire impression, discutait avec un pauvre bougre paysan en haillons qui tenait des papiers en main, l'air stressé et dépassé par son analphabétisme. Des cartomanciennes tatouées au visage, les poignets cernés de bracelets clinquants, accostaient les passants pour proposer de lire les lignes de vie de leurs mains. L'une d'elles, un peu indienne, un peu gitane, saisit soudain celle d'Ibrahim, palpa ses doigts fins et, sans même regarder son visage, lui dit :

« Je lis dans les astres. Nous sommes tous enfants de quelqu'un de ces feux célestes qui ont présidé à notre naissance, et dont l'influence heureuse ou maligne est écrite dans nos yeux, sur nos fronts, dans nos traits, les délinéaments de notre main, la forme de notre pied, notre geste, notre démarche. Je ne te vois que depuis quelques minutes ; eh bien ! je te connais comme si j'avais vécu un siècle avec toi. Veux-tu que je te révèle à toi-même ? Veux-tu que je te prédise à ta destinée ?

— Ne te fatigue pas avec mon ami, la vieille, il est aveugle, la stoppa Elias.

Surprise, elle fixa des yeux Ibrahim, presque choquée de n'en avoir rien vu, puis fit un pas en arrière pour mieux voir l'attelage que formaient ces deux étranges personnages.

— Je suis confuse, pardon… je… bafouilla-t-elle.

— Rien de grave, l'excusa Ibrahim. Tu ne peux pas tout voir et tout savoir…

— J'ai des dons de voyance, détrompe-toi !

— Je n'en doute pas, la rassura Ibrahim.

— Et bien tu peux lire les lignes de ma main, je vais vérifier si tu dis vrai… la nargua Elias. Dis-moi d'abord d'où je viens…

— Désolé, je n'ai pas le temps, coupa la cartomancienne, avant de se braquer : Et je n'aime pas que tu m'appelles « la vieille »… Pour qui te prends-tu ? Moi je ne te traite pas d'affreux nain paralytique !

Elle tourna aussi sec les talons vers d'autres clients, polis et bien élevés, qui souhaitaient être révélés à eux-mêmes, eux, moyennant quelques piastres.

— Tu y es allé un peu fort, trouva Ibrahim.

— Je ne sens pas cette femme ! Elle a le mauvais œil…

Les deux amis se frayèrent un passage à travers les passants, les bêtes et les carrioles bringuebalantes qui circulaient en soulevant la poussière de la rue.

Les tables du *Café des Rosiers* étaient occupées par des hommes devant des tasses de café, de thé ou de tamarin, qui rêvaient, lisaient le journal, discutaient de la guerre au Liban entre chrétiens et musulmans devant d'autres qui jouaient à des jeux en fumant des *chibouks* ou des cigarettes.

Certains, accablés par la chaleur de juillet, en pleine torpeur, se contentaient de regarder l'agitation de la rue comme un spectacle à bon marché auquel ils étaient accoutumés.

On voyait quelques enfants, mais peu de femmes.

Soudain, des cris attirèrent l'attention des clients. Une rixe éclata entre un jeune mendiant vendeur de bonbons, et un autre qui, dans une gourde pendue à son dos, servait du jus de Tamarin aux passants pour quelques sous. Ils se disputaient un bout de trottoir juste devant le café, se roulaient par terre, échangeaient des coups en s'insultant vulgairement, au grand dam des passants.

L'espace public devait être protégé de tels écarts de langage.

Un religieux musulman enturbanné, flottant dans sa djellaba au blanc douteux, intervint avec autorité :

— Arrêtez cela ! Vous n'avez pas honte de vous bagarrer ? Quel spectacle ! Pour quelques centimètres carrés de trottoir ? !

Un autre abonda en levant en l'air sa canne de bois :

— Vous ne valez pas mieux l'un que l'autre, imbéciles. Croyez-vous que la violence va résoudre votre différend ?

— C'est la faute de ce maronite, se défendit l'un.

— C'est faux, rétorqua l'accusé. J'étais là avant ce Druze…

— Vous dites toujours que vous êtes arrivés en Syrie avant tout le monde ! On en a marre de votre prétention ! reprit l'un.

— Oh là, oh là ! calma le vieux musulman. N'allez pas trop loin dans vos paroles… la religion n'a rien à voir avec vos actions…

Un homme qui semblait être le patron du café, s'approcha d'eux.

— Pas de ça chez moi, grogna-t-il. Dégagez !

Alerté par l'altercation, un policier turc aux grandes moustaches s'avança, un bâton en main, le visage fermé, prêt à rétablir l'ordre avec la force si nécessaire. Il caressa son bâton pour donner un signal à la population. On ne badinait pas avec la police de l'Empire Ottoman, surtout quand il s'agissait de différends entre chrétiens et musulmans. Sa mission était d'assurer la cordialité entre les uns et les autres dans la rue et les cafés.

Sa simple vue calma les esprits. Les deux jeunes ramassèrent à la hâte leurs affaires et disparurent en zigzaguant dans la foule sans demander leur reste.

Elias tapota l'épaule d'Ibrahim :

— C'est fini, ils sont partis. Tu peux me poser. On peut commencer...

— Apparemment, ces deux garçons n'étaient pas les meilleurs amis du monde, ironisa Ibrahim, ils ne regardaient pas ensemble dans la même direction...

Comme à son habitude, Elias s'efforça de rire de la situation avant d'être obligé d'en pleurer.

— Des adolescents chrétiens et musulmans qui se chamaillent pour un bout de trottoir : ça sent la décadence !

— Oui, j'ai entendu leurs paroles blessantes, pleines de rancœur, c'est sale et triste, alors qu'ils sont si jeunes, regretta Ibrahim. Si hadji Youssef était là, il en serait désespéré.

Il plia les genoux et se baissa vers une chaise pour déposer Elias calé sur son dos, sous les regards des clients du café qui suivaient l'insolite manœuvre. Comme partout ailleurs, certains étaient gênés par la présence de ces deux infirmes, d'autres, moqueurs, les observaient en voyant l'exercice curieusement, d'autres encore détournaient leur regard par pudeur musulmane ; il n'est pas bon en islam de fixer les handicapés au risque de les incommoder et d'ajouter à leur malheur.

Le déchargement réussi, sur la petite place animée, après un temps de préparation et de concentration, Ibrahim, debout, leva les yeux au ciel azur que les lourds cumulonimbus menaçaient toujours. Il respira profondément. « Au nom de Dieu, Père et miséricordieux ! » avant de se mettre à entamer une chanson d'amour *a capella.*

D'un coup, aux premières notes, aux premières paroles, sa voix pénétra les airs. Transcendante. Fulgurante. Dès les premiers mots lâchés, un miracle se produisit. Le temps s'arrêta net. La terre cessa de tourner. Les vents retournèrent dans l'outre d'Eole. Les aiguilles des horloges se bloquèrent dans leur position. La foule cessa de rire, de parler, de lire et même de penser. Toute activité s'était arrêtée devant le *Café des Rosiers*. Le couturier s'arrêta de coudre, le ferronnier de battre le fer, l'écrivain public d'écrire et le policier de caresser son bâton. Seuls les ânes attachés aux arbres restaient indifférents et immobiles face aux troncs, présentant leur derrière comme s'ils boudaient et protestaient du mauvais traitement infligé par les humains. Les têtes, tel un ballet de tournesols, pivotèrent vers le chanteur, envoûtées par l'incroyable charme de sa voix, sa douceur, sa sincérité, sa profondeur.

Son lyrisme était saisissant.

Revenus sur les lieux de leur crime, les deux chenapans qui se disputaient le bout de trottoir étaient aussi fascinés. Bouche bée, ils en oublièrent leur différend et leur religion. Même le policier turc moustachu s'approcha, le cœur et les yeux débordant de tendresse, prêt à aimer sur-le-champ n'importe qui, n'importe quoi.

Les oiseaux replièrent leurs ailes, de peur de froisser la magie qui se déployait dans les airs. Les hirondelles cessèrent leurs cabrioles et les pigeons, leur vol en escadre. Sur un long fil tendu entre les arbres, tous se rangèrent les uns à côté des autres, les yeux tournés vers la terrasse du *Café des Rosiers*.

Les chats et les chiens étaient envoûtés.

Tous les regards étaient focalisés vers Ibrahim qui chantait en égrenant un chapelet, comme pour compter les notes et les perles de sa mélodie.

Le vieillard enturbanné, plus que les autres, était en extase devant lui. Ses yeux brillaient. Il sortit de sa poche un tissu et se moucha dedans sans faire de bruit pour ne pas déranger, avant d'enfouir dedans une boule de tabac à priser qu'il cessa de mâcher.

On pouvait aussi reconnaître les marchands druzes qu'Ibrahim et Elias avaient rencontrés sur leur chemin près du puits. Leurs pupilles dilatées en disaient long sur leur envoûtement. Ils s'étaient bien mépris sur le couple d'amis brinquebalants et désarticulés. Leur apparence les avait trompés.

Dans la foule agglutinée devant le café, se pressaient maintenant hommes, enfants, femmes, chrétiens, musulmans, juifs, Kurdes, Bédouins, Druzes, Turcs, Grecs orthodoxes… Pour quelques-uns, on ne pouvait reconnaître leur religion qu'à leurs vêtements et leur coiffe. Ils étaient de confessions différentes, avec des histoires différentes, mais partageaient dans la belle confusion la même émotion devant la beauté du chant d'amour. Chacun était soulevé par l'aveugle qui gardait la tête levée au ciel pour y puiser son inspiration.

Il était dans les étoiles ; avec Dieu.

Il était sur terre ; avec les hommes.

Sa voix était l'eau d'une fontaine d'or.

À cet instant, en transe avec son chant, il ignorait qu'en face de lui, de l'autre côté de la place, dans une maison familiale d'un riche commerçant de tissus, M. Ahnouri, dissimulée derrière une fenêtre grillagée d'un moucharabieh permettant de voir sans être vue, une fille l'observait. À cœur ouvert.

Elle ne l'avait pas quitté des yeux depuis qu'il était arrivé au *Café des Rosiers* avec Elias. Leur attitude l'avait marquée. Maintenant, elle pleurait toutes les larmes de son corps en l'écoutant. Que se passait-il en elle ? Son cœur fondait. Ses émotions la transportaient. Jamais elle n'avait connu ce merveilleux sentiment. Sentiment effrayant, aussi, car elle mourrait d'envie de briser ses chaînes, sortir de chez elle et se précipiter dans la rue, se planter devant le chanteur et profiter avec tous ses sens de son irrésistible charme. Sa féminité était soulevée comme jamais auparavant. Avec une telle voix, ce garçon ne pouvait qu'aimer les femmes mieux que n'importe quel autre homme. Son âme était d'or, pure comme le diamant. Jamais elle n'avait connu pareille fougue enchanteresse. Elle aimerait tant voler vers lui sur les ailes d'un papillon et le serrer dans ses bras avec toute sa passion.

Hélas, elle était dans une maison et jamais son père ne la laisserait sortir pour aller parler à ce garçon. À Damas, la rue n'était pas faite pour divertir les jeunes filles, surtout quand elles étaient seules, rêveuses et promptes à s'extasier devant un pauvre aveugle qui poussait la chansonnette dans un café enfumé bondé d'hommes inactifs et débauchés. C'était sur les terrasses plates qui dominaient la ville et à l'intérieur des belles demeures, conçues pour elles avec de splendides cours ombragées, des bassins d'eau, du marbre, un hammam, des boiseries, du jasmin et des roses, que leur vie devait se dérouler. Entre femmes. Il en était ainsi en Syrie.

Dieu comme elle aurait aimé ne pas être une fille !

Tandis qu'à sa fenêtre grillagée qui la maintenait dans l'ombre, Suzanna rêvait de lumière, devant le *Café aux Rosiers*, le vieillard à la canne, ému aux larmes, s'essuyait avec un pan de sa djellaba et murmurait aux deux jeunes belliqueux ébahis qu'il avait séparés auparavant :

— Voyez ! La cécité est un autre aspect de la nuit qu'il faut traverser pour accéder à une lumière spirituelle. Prenez exemple, idiots !

Près de lui, un admirateur acquiesça :

— Ah oui ! Si Dieu a coupé la lumière dans ses yeux, Il a mis une autre dans sa voix et son cœur.

Il tendit avec entrain une pièce à Ibrahim :

— Prends, mon fils, quiconque soulage le croyant d'une affliction en ce bas monde, dieu le soulagera d'une affliction le jour de la Résurrection.

Ibrahim ne prit pas la pièce. L'homme était si bouleversé qu'il semblait, comme d'autres, se rendre compte seulement maintenant qu'il avait face à lui un garçon aveugle.

Souriant, malicieux, Elias lui présenta le petit sac en tissu qu'il avait préparé pour recueillir les piastres.

— C'est par ici, la monnaie ! Merci ! Quiconque vient en aide à une personne en difficulté, Dieu lui viendra en aide en ce bas monde et dans l'au-delà. Il aide Son serviteur tant que celui-ci aide son frère.

Le vieillard demanda à Ibrahim quelle était sa religion. Un chrétien lui répondit :

— Ne demande jamais quelle est la religion d'un homme ; interroge plutôt sa vie, son courage, ses qualités et tu sauras ce qu'il est.

Interloqué, le vieillard bafouilla des mots emplis d'émotion.

— Tu as raison. Ma question était stupide.

— Eh oui, reprit l'autre, fier de sa repartie. Si l'eau puisée dans une rivière est saine, agréable et douce, c'est qu'elle vient d'une source pure[1].

— Et moi ? s'esclaffa Elias en rigolant. Faudrait pas m'oublier, je suis son guide. Je suis ses yeux.

— Et moi, ton transport et tes jambes ! s'amusa Ibrahim.

À l'intérieur de son monde clos, maintenant il ne faisait que sourire. Ce jour-là, il était le plus heureux des aveugles. Les gens en redemandaient. Ils appréciaient les échanges par des signes de la tête et des mots d'approbation. Ils aimaient la bienveillance et la bonté qui étaient des vertus au-delà des religions, profondément humaines, tout simplement. Quelques-uns s'approchaient pour toucher l'aveugle, son crâne, ses cheveux, ses mains, ses bras, ils cherchaient ce contact physique pour s'imprégner de sa magie comme un

1. Émir Abdelkader, 1860.

porte-bonheur. Ils se disaient que peut-être ils iraient au paradis en se laissant irradier par sa divine énergie.

Soudain, une femme déterminée se fraya un passage dans la foule et vint se poster devant Elias. C'était la cartomancienne qui avait voulu prédire la destinée d'Ibrahim.

— Si j'avais su qui vous étiez, je me serais excusée, dit-elle confuse.

— Tu as perdu l'occasion de deviner qui était mon ami, j'en déduis que tu ne sais donc pas lire les lignes de la vie, lui asséna Elias. Tu fais du charlatanisme…

— Ne sois pas si méchant avec moi, supplia la dame à la longue robe bariolée, offensée. J'ai des enfants en bas âge que je dois nourrir… ah si je savais chanter comme Ibrahim, ma vie serait plus facile, mais…

— Excuse-moi à présent, l'interrompit Elias sans ménagement. J'ai fort à faire…

Elle changea de ton :

— À toi, insista-t-elle, je lirai dans ta main pour voir ta destinée et tu n'auras rien à payer…

— Désolé, depuis aujourd'hui, ma destinée et celle de mon ami chanteur nous ont déjà été dévoilées en hauts lieux… regarde par toi-même : le succès est là !

Sa main désigna son sac débordant de piastres. Les yeux de la gitane se fixèrent dessus comme des serres d'aigles.

— Exhiber tes richesses avec tant d'orgueil peut t'attirer le mauvais œil… Tu pourrais avoir à regretter tes paroles désobligeantes…

— Le mauvais œil ? Regarde comme nous sommes infirmes ! Il nous est déjà tombé dessus à la naissance, alors tu vois, nous ne craignons plus rien, nous sommes immunisés…

Il virevolta, pas mécontent de son implacable répartie, et continua au milieu de la foule, son sac en main, de recueillir les piastres des gens généreux et conquis. On contribuait plus facilement quand on était sous l'emprise du sentiment…

Sous les yeux ébahis de la gitane, tel un conteur magicien, il récitait des phrases apprises par cœur pour nourrir leur affaire :

— Merci pour vos dons. Toutes les religions, bouddhisme, hindouisme, judaïsme, confucianisme, islamisme, druzisme, christianisme, recommandent l'amour du prochain pour former une fraternité dans l'humanité, sans distinction de race, de sang ou de croyance…

Le prêcheur était applaudi comme dans un meeting politique.

— Bravo ! Belles paroles de sagesse ! clamait l'un.

Un autre surenchérissait :

— Tu devrais être Gouverneur de Damas ! Ou Pacha ! Tu vaux bien mieux que tous ces vrais paralytiques qui nous gouvernent…

En entendant ces paroles qu'il jugeait déplacées, le policier turc rajusta ses moustaches et s'approcha de nouveau avec son bâton devant lui pour demander au peuple de ne pas se mêler de politique, c'était interdit par la loi, et toute offense envers les autorités, *a fortiori* le Pacha, était passible d'emprisonnement, après amendes. Pour les *Dhimmis,* les non-musulmans, elles étaient plus radicales. Alors gare aux débordements !

Négligeant l'avertissement, un sceptique s'adressa à Elias :

— Ces beaux préceptes de fraternité ne sont pas toujours suivis par ceux qui professent ces religions. Ils se haïssent, se battent et se tuent au nom de leur foi. Ici, en Syrie on sait ce que c'est ! D'ailleurs, après les récents massacres du Mont-Liban, la mort se rapproche de nous…

— Pas de politique, j'ai dit ! réitéra le policier.

— Tu as bien raison, appuya le vieillard en djellaba en faisant mine d'ignorer le représentant de l'ordre, ce mot « religion » est loin de correspondre à son étymologie, « reliage, relier, » tant la religion est devenue entre nous une cause de division.

Il virevolta vers Elias :

— Mais dis-nous, où as-tu appris toutes ces choses, toi qui…

L'infirme cingla, un doigt pointé vers son crâne :

— Je suis paralytique, mais j'ai un cerveau et de la réplique.

Des gens applaudirent la réponse bien ajustée.

« Le nain est malin ! » dit l'un.

« Ah oui ! Il parle très bien ! » ajouta son voisin.

Elias leur narra qu'avant de rencontrer Ibrahim, lorsqu'il était grabataire dans son taudis, des gens bien intentionnés lui apportaient à manger, mais aussi des livres pour passer le temps, plutôt que de les utiliser pour en faire du feu.

— C'est ainsi que je suis devenu savant ! Il n'y a pas que l'émir Abdelkader, Ibn'Arabi ou Algoritmi ! Je le suis aussi, comme Saint Thomas d'Aquin, s'il fallait en ajouter un !

L'humour, la connaissance et l'intelligence séduisaient la foule de plus belle. Le vieillard gêné, tenta un sourire, puis lui tendit quelques piastres. Elias le remercia avant de continuer sa tournée :

— À votre bon cœur, Messieurs, pour la chanson et l'amour !

La cartomancienne ne cessait de le suivre à quelques pas, comme si elle prenait des leçons à l'école de la rue.

— *Ikra* ! *Ikra* ! Bravo Elias. Il faut lire. Celui qui ne lit pas est condamné à l'ignorance ! rappela un homme à l'allure professorale à propos du mot « Ikra » qui introduisait le Coran. Lis !

Lire était une exigence fondamentale de la religion.

Se cultiver était le chemin vers la vérité.

Les piastres tintinnabulaient dans le sac d'Elias. Leur clapotis faisait vibrer la cartomancienne qui devait envisager de se reconvertir à la musique. Diantre ! Si seulement elle savait lire les lignes dans ses propres mains, elle aurait gagné du temps sur son destin !

Devant le *Café des Rosiers,* la démonstration était faite que lorsqu'on les rendait heureux, les gens de Damas savaient être généreux avec ce couple de handicapés si courageux. Ils pouvaient l'être avec tout le monde et oublier leurs différends. D'ailleurs, il se produisit alors un petit miracle, une belle réconciliation, du genre « reliage, relier » d'où venait le mot religion : les deux bagarreurs qui s'étaient roulés dans la poussière en public vinrent déposer leur obole dans le tissu d'Elias. Le premier lui offrit, ainsi qu'à Ibrahim, un verre de tamarin qu'il vendait dans les ruelles pour gagner sa vie. Le second proposa des bonbons dont il faisait le commerce à la sauvette. Là où les cœurs s'ouvraient comme une rose ou une fleur de jasmin, l'humanité se révélait en chacun. La puissance du chant d'Ibrahim restituait la lumière, exaltation extrême dont faisaient état les acclamations du public. Les jeunes bagarreurs applaudis sous les « vivats ! vivats ! » étaient aux anges. Comme ils ne savaient quoi faire, ils se serrèrent la main. Les ovations reprirent de la vigueur.

C'était étrange, quelques chiens à la fibre mélomane, curieux et sensibles, s'étaient approchés des deux artistes. L'un d'eux, petit, les yeux contrits de tendresse, au pelage blanc et noir, vint se coller aux pieds d'Ibrahim. Il s'assit tranquillement, les deux pattes en avant, comme s'il avait trouvé ce qu'il cherchait depuis longtemps. L'ayant senti près de lui, le chanteur le caressa. L'animal, séduit par la chanson, leva les yeux vers ceux fermés de l'aveugle, que des gens émus entouraient toujours, pour lui parler chacun son tour, dire qu'il était béni des dieux de l'amour. Il les remerciait depuis la profondeur de son âme. On lui serrait la main. Il souriait. Il était si fier. C'était son premier succès populaire depuis qu'il avait commencé à chanter dans les rues, poussé par Elias qui n'avait cessé de lui répéter qu'il avait un grand talent et qu'il devrait s'en servir pour les nourrir et gagner de l'argent.

Comblé par l'affluence, le patron du *Café des Rosiers* vint les trouver avec des boissons sucrées, des gâteaux et des sorbets. Il leur fit une franche accolade. Il se présenta, Georges-Amar, dit à son tour à Ibrahim son admiration et lui proposa de revenir quand bon lui semblerait. Le spectacle était bénéfique pour la réputation de son café qui était en déclin ces dernières années. Il proposa à Ibrahim de venir chanter deux fois par semaine si le cœur lui en disait. Il était prêt à lui signer un contrat avec une avance substantielle.

L'artiste comblé accepta aussitôt. Il disposerait ainsi d'une source de revenus stable qui lui permettrait avec son acolyte d'envisager la location d'un logis plus confortable que leur taudis et manger du poulet grillé à satiété.

— Hé, hé ! protesta Elias. Et moi, on m'oublie ? Je suis son agent, c'est moi qui parle argent ! Pas lui.

— Bien, Monsieur l'agent ! Revenez demain pour le contrat, s'esclaffa le patron.

Sur ces entrefaites, alors que les deux hommes causaient de leur collaboration à venir, un homme se pointa, un Européen d'une trentaine d'années, portant un étrange et lourd matériel sur ses épaules. Décontracté, il traversa la foule, poussant doucement par-ci par-là les badauds avec des « pardon, pardon » pour venir s'adresser directement à Ibrahim.

— Bonjour, je me présente : Tancrède Dumas, je suis photographe. Français d'origine italienne…

Il présenta sa carte de visite qui indiquait *T.R. Dumas & Cie., photographes de vues et costumes, près du Jardin des Fleurs, Grande rue de Pera 232.*

Le photographe, surpris une seconde qu'il ne tendit pas sa main, découvrit sa cécité, sans toutefois montrer sa gêne.

Georges-Amar, le patron du café, s'empara de la carte.

— Vous parlez français ? continua l'artiste photographe avec une aisance déconcertante, une arrogance plutôt, comme si on ne pouvait rien lui refuser, vu qu'il venait du monde moderne.

Georges-Amar, le nez encore penché sur la carte pour la déchiffrer, répondit :

— Ibrahim ne parle que l'arabe, mais moi je parle français et un peu l'anglais, je peux essayer de traduire…

— Ah merci, cher Monsieur, vous êtes fort aimable…

— Je m'appelle Georges-Amar…

— Voilà, Georges-Amar, comme je le disais, je suis Français d'origine italienne et photographe de mon métier. J'ai un studio à Beyrouth et je suis de passage à Damas… Je voudrais faire une photo d'Ibrahim le chanteur enchanteur des rues…

— Une quoi ? stoppa Georges-Amar.

— Une photo. Vous pouvez lui demander s'il accepterait de poser pour moi ?

Le patron du café haussa les paupières.

— Poser pour vous ?

— Oui... entrer dans la boîte, si vous voulez...

Stupéfait, mais soucieux des bonnes manières, le patron virevolta vers Ibrahim et traduisit tant bien que mal le vocabulaire de l'étrange étranger qui se comportait décidément comme s'il était chez lui, avec son jargon surréaliste et son menton par trop colonialiste. Poser, entrer dans la boîte ? Georges-Amar n'était plus sûr de comprendre le nouveau français moderne, en tout cas cette langue avait bien changé depuis celle de La Fontaine et Molière qu'il avait apprise chez les Lazaristes de Damas.

Elias se rapprocha d'eux en se traînant.

— De quoi s'agit-il ? Elias Foulousse, je suis l'agent d'Ibrahim...

Pas plus que son alter ego, il ne comprenait la demande de l'intrus qui était maintenant en train de déballer ses appareils pour les présenter à ses interlocuteurs.

Il en plaça un sous le nez d'Ibrahim.

— Il est aveugle, redit Elias.

— Ah oui, pardon, je... j'avais... oui, effectivement... C'est un appareil photographique. On fait des photos avec... photos... en arabe « *Tassouira* »...

Comme tout le monde était bouche bée, le sieur Tancrède Dumas sortit d'un cartable de cuir des photos de personnages et de paysages qu'il avait faites et les plaça sous les yeux des amis.

Elias voulut mettre les mains dessus.

— Ah non, pas touche, Monsieur Foulousse. C'est fragile ! le bloqua Tancrède.

Elles montraient des charmeurs de serpents au Maroc, des femmes Turques de Damas, des derviches tourneurs en Syrie, des femmes arabes chrétiennes et musulmanes encore, en Égypte et au Liban, des juifs de Beyrouth, tous arrêtés dans de drôles de postures, figés, pétrifiés, comme s'ils étaient morts mais toujours vivants en même temps… Ils les regardèrent sous tous les angles avec curiosité, la moue dubitative.

Le patron du café eut le réflexe de les toucher du bout des doigts.

— Non, non, désolé, avec les yeux seulement ! s'énerva Dumas.

— Qu'est-ce que c'est ? demanda Ibrahim, frustré de ne pouvoir voir ce qui ne pouvait qu'être vu avec des yeux.

— Dieu seul le sait, dit Georges-Amar. Des morceaux de papier avec des gens immobiles, des monuments et des maisons… ce gars a l'air d'un voleur de lumière… quelque chose comme ça… il a emprisonné des rayons de lumière sur un bout de papier…

— Je ne sais pas moi non plus, dit Elias. Cet Européen est bizarre…

— *Tassouira*, répéta Dumas.

Le patron du café se tourna vers le photographe d'un air médusé, un peu agacé aussi, mais cherchant toujours à préserver le sens de l'hospitalité qu'il lui devait en sa qualité d'étranger.

— Pouvez-vous nous dire, Monsieur…

— Tancrède Dumas !

— … Monsieur Dumas, ce que c'est, et ce que vous voulez exactement ? osa le patron, en des termes plus simples, si possible…

Il insista sur les mots « exactement » et « simple » pour ne pas offusquer le français d'origine italienne, qui à l'évidence, paraissait obnubilé par le temps qui pressait.

— Ah… c'est trop compliqué à expliquer… vous devez me faire confiance, c'est de l'art, un jeu tout nouveau en Europe… la photographie… *tassouira*…

Le patron traduisit en arabe avec les mots qu'il trouvait pour donner l'air d'avoir compris, cependant on ne comprenait toujours pas en quoi consistait ce jeu et surtout ce qu'il convenait de faire pour y contribuer. En attendant, machinalement, Elias Foulousse lui présenta son sac en tissu pour lui permettre de participer à la renommée d'Ibrahim l'enchanteur avec quelques piastres.

Comme l'Européen ne comprenait pas le sens de son geste, il se tourna vers le patron du café qui frotta le bout de ses doigts pour désigner les piastres requises par l'agent Elias, destinées à l'achat de poulets grillés aux artistes affamés.

— *Foulousse*, dit-il, *foulousse*…

— Pardon, s'étonna Dumas. *Tassouira*, monnaie, tirelire ! il ajouta en faisant mine d'être gêné par l'ambiguïté de la question.

Ayant enfin décodé le sens du dialogue des gens d'ici, Tancrède réussit difficilement à dénicher quelques sonnantes et trébuchantes dans sa poche et les glissa dans le sac d'Elias.

— *Choukran* ! *Grazie* ! *Merci* ! remercia l'agent en langue universelle.

Ensuite, sans plus attendre, Tancrède proposa au patron de venir se placer derrière l'appareil photo pour voir de quoi il retournait. Hésitant, le traducteur s'exécuta, resta quelques minutes derrière le système, caché sous un rideau, avant d'en revenir, tourneboulé. Il informa Ibrahim et Elias que c'était un objet qui « avait la vue », c'était tout ce qu'il avait compris.

— À mon avis, le reste relève de la magie, conclut-il. Voire pire.

— Cette chose me semble avoir des pouvoirs maléfiques, en déduisit Elias, et porter le mauvais œil, comme l'a prédit la vieille cartomancienne…

Pendant qu'ils devisaient, l'impatient Tancrède attendait leur réaction, mais comme elle ne venait pas, il se décida à déballer le reste de ses équipements pour les installer sous les regards des gens médusés.

Une fois prêt, il demanda à Ibrahim de regarder l'objectif et de ne plus bouger.

Le patron du *Café des Rosiers* traduisit. « Arrête de respirer ! »

Le sieur Dumas prit un cliché. « Souriez ! » Puis un autre. « Souriez encore ! Ayez l'air heureux ! »

Ensuite, une fois passé le doute du mauvais œil, quand l'aspect ludique de l'affaire prit le dessus, vu qu'il n'y avait aucun mort ni blessé, Elias voulut contribuer au jeu lui aussi et demanda à escalader le dos de son ami. Après la manœuvre d'assemblage, le photographe fit deux clichés de l'attelage de l'aveugle chanteur et de son agent paralytique.

— Regardez dans ma direction ! Ensemble ! Oui comme ça, c'est bien.

Ensuite, il remballa ses affaires, remercia les amis, et quitta les lieux, dans un mélange d'idiomes :

— Vous êtes dans la boîte. *Thank you* ! *Arevederci* ! *Salam alikoum* ! Adieu !

Il ne prit pas soin de montrer son travail à ses modèles qui n'étaient guère frustrés de ce qu'ils ne connaissaient pas et ne pouvaient même pas imaginer.

Cachée dans un coin, derrière les ânes garés en face du café, la cartomancienne avait suivi la scène sans cligner des yeux. Elle crevait d'envie de venir mettre son nez dans l'appareil pour voir de quoi il retournait. Il pouvait être une source d'enrichissement dans un proche futur. Comme on ne l'avait pas invitée, elle pouvait difficilement s'imposer. Et puis, au fond, toute cette magie venue du monde moderne ne lui paraissait pas saine. Il y avait du diable chez ce Tancrède Dumas, dont elle avait retenu le nom tant il n'avait cessé de le répéter.

Ibrahim se tourna vers Elias qui comptait les piastres dans son petit sac.

— Tu t'appelles Elias Foulousse, maintenant ?

— Eh oui, assura l'argentier. J'ai compris qu'il me faut un nom de famille pour être pris au sérieux. Foulousse, l'argent, la banque… ça sonne bien.

— Oui, tu as raison, réfléchit Ibrahim. Il m'en faut un, à moi aussi.

— Nour ! ça t'irait bien. La *lumière* ! Ibrahim Nour.

— Je l'adopte. Merci Monsieur Foulousse.

— Voilà qui est très bien. Nous avons un nom maintenant, nous sommes quelqu'un.

À peine le photographe avait-il disparu, qu'un autre homme réapparut. Il s'avança lui aussi vers Ibrahim, après avoir attendu son tour, saisit sa main avec ferveur et douceur, comme s'il espérait ce geste depuis une éternité.

— Je sais que tu ne peux pas me reconnaître, dit-il, puisque tu es aveugle, mais sache que c'est moi qui gardais la porte de la maison de l'émir… dont tu comptais lcs clous ! Tu me remets ?

— Oui, bien sûr, j'ai reconnu ta voix. Tu t'appelles Samir…

L'homme stupéfait lui lâcha la main et fit un pas en arrière. Ses sourcils se froncèrent.

— Comment le sais-tu ?

— Je suis aveugle mais pas sourd. Dans la cour de la maison de l'émir, j'ai entendu quelqu'un t'appeler Samir…

L'homme ne sut plus quoi dire.

— Félicitations, vraiment je…

— Félicitations pour quoi ? Mon ouïe fine ?

— Non. Ton talent. Ta chanson. Ton âme. Tout.

— C'est gentil. Rendre les gens heureux me rend heureux… on en a bien besoin en ces temps orageux…

L'homme de la porte, incapable de cacher son émotion, poursuivit :

— Quelle surprise ! J'étais venu faire des courses pour la maison, parce que l'émir Abdelkader reçoit à dîner ce soir, et voilà que soudain j'entends ta voix monter au ciel. Moi qui ne pleure jamais, je me suis effondré cette fois, en t'écoutant... Qu'Allah ajoute à ton bonheur et t'accorde Sa Miséricorde.

— Tu es Algérien, dit Ibrahim. Comme l'émir. De vous, les gens d'ici disent du bien...

— Oui, merci... Je voulais dire que je suis vraiment désolé de t'avoir mal parlé devant la porte. J'ai commis une faute grave envers toi et ton ami... un péché... j'ai manqué au devoir sacré de l'hospitalité...

Il regarda Elias.

— Mon ami s'appelle Elias, l'informa Ibrahim.

— Je voudrais me racheter auprès de vous deux... fais-moi cet honneur, je te prie. Où habitez-vous ?

— Dans le quartier des gueux, dit Elias.

Il indiqua la direction sur la route de Salié, à la sortie de la ville où les pauvres, infirmes, abandonnés, méprisés, oubliés, qui n'avaient pas de toits ni d'avenir sur les lignes de leurs mains sales et déformées, se retrouvaient pour se tenir au chaud et s'entraider.

Samir serra fortement à nouveau la main d'Ibrahim, comme pour le remercier de lui donner l'occasion de racheter sa faute, puis celle d'Elias, avant de tourner les talons, bouleversé.

— Merci, merci, dit-il.

— Hep ! lui lança Elias dans le dos. Quelques piastres pour la chanson !

Samir se retourna, surpris, comprit le rappel de l'agent à la bienséance, et plongea la main dans sa poche. Il en retira quelques pièces qu'il vint déposer dans le sac de tissu que lui tendait Elias.

— Vous méritez plus que ça ! Bien plus !

À la fin du spectacle, la foule commençait à se disperser, tandis que des commentaires louangeurs bruissaient encore. Ibrahim se baissa pour hisser Elias sur son dos, quand soudain, sorti de nulle part, un jeune homme, rapide comme l'éclair, bondit sur le tissu plein de piastres qui était posé sur une chaise et s'enfuit en courant comme un fou, les bras fouettant le vent, les jambes à son cou.

Passé le moment de stupéfaction, aussitôt, des cris montèrent au ciel : « Au voleur ! au voleur ! Attrapez-le ! »

Sans tarder, des gens se lancèrent à la poursuite de la canaille qui s'engouffrait maintenant dans l'entrelac de ruelles qu'il semblait connaître comme sa poche.

« Attrapez-le ! Il a volé l'argent des handicapés ! »

Les chiens s'en mêlèrent aussi. Le petit Blanc-Noir qui s'était frotté contre la jambe d'Ibrahim était plus jeune que les autres, mais il aboyait plus fort qu'eux, lancé à la poursuite du voleur.

Rapidement, le bougre fut bloqué par des gens qui venaient face à lui et fut rattrapé. Il n'était pas le seul à connaître l'entrelac de ruelles dans la vieille ville. Il fut ceinturé, plaqué au sol par les poursuivants, le sac de piastres s'ouvrit et les pièces roulèrent à terre dans la poussière. Des gens qui avaient écouté la chanson d'Ibrahim s'agglutinèrent autour de lui à la manière d'une nasse qui se refermait sur son sort, consternés qu'il ait pu oser dérober l'argent de deux infirmes, et surtout à Ibrahim, béni de Dieu.

La gitane cartomancienne arriva à son tour. Elle tenta aussitôt de se frayer un passage vers le voleur gisant à terre, et, au passage, ramassa avec d'autres gens des piastres tombées au sol, qu'elle glissait, à l'insu de tous, sous sa robe.

Un jeune asséna un violent coup de pied au voleur à terre. Deux autres l'imitèrent. Des coups de poing atteignirent plusieurs parties de son corps. Sa bouche expulsait des cris de douleur. Le sang souilla vite ses vêtements.

— Arrêtez de le frapper, cria la cartomancienne qui souffrait pour lui. Ça ne sert à rien !

— À rien ? Il a commis un sacrilège ! cria l'un, dégoûté.

— Tais-toi, donc, femme ! C'est une profanation ! hurla l'autre, outré. Il mérite une bonne correction !

— La mort pour les voleurs !

— Non, laissez-le, protesta la cartomancienne. C'est un enfant.

Blanc-Noir, gueule ouverte, aboya de toute sa force en montrant ses petits crocs qu'il voulait planter dans le mollet du profanateur.

Ibrahim et Elias rejoignirent le groupe, toujours l'un sur l'autre, encore grisés par le succès au *Café des Rosiers*, guère pressés. Un air tranquille les habitait.

Ils se retrouvèrent face à la cartomancienne.

— C'est la gitane qui nous a jeté le mauvais œil, rappela Elias. Je ne la sentais pas du tout…

Quelques secondes plus tard, le policier turc et son collègue arrivèrent aussi sur les lieux d'un lynchage annoncé. Ils avaient le devoir urgent de prendre la situation en main, au nom de la loi et de la cordialité requise dans l'espace public. Ils relevèrent plus ou moins délicatement le voleur qui gisait à terre, recroquevillé sur lui-même dans la poussière, les mains en croix contre son visage pour se protéger des coups qui pleuvaient de toutes parts. Soudain, comme il s'agitait trop, ils le saisirent brutalement et l'un d'eux frappa violemment son bâton contre ses jambes en guise de préliminaire au châtiment.

La gitane mit sa main devant sa bouche pour réprimer un cri.

— Arrêtez ! Vous n'avez pas le droit de faire ça.

— Tais-toi, sorcière ! cria une voix.

L'offense à la morale avait été si odieuse qu'on pouvait facilement imaginer la suite des supplices que le jeune allait subir.

Le pauvre bougre lâcha un hurlement de douleur qui résonna dans les ruelles du quartier.

— Ah maman !

Il fit hurler les chiens alentours. Des gens sortirent leur tête des balcons et des fenêtres.

— Voilà qu'il appelle sa mère, maintenant ! se moqua un vieillard.

L'argent volé fut rendu à Elias. Le voleur pleurait maintenant et demanda pardon à tout le monde, à Dieu aussi, plaida son cas, prétendant qu'il était pauvre, qu'il ne trouvait pas de travail, que sa famille l'avait abandonné quand il était enfant parce qu'elle ne pouvait pas le nourrir...

— Il a raison, aida la gitane insistante. Il faut lui pardonner...

Hélas pour lui, à part elle, qui était la seule femme dans la foule, le garçon ne parvint à émouvoir personne. Il était pathétique. Chacun était persuadé qu'il n'était qu'un menteur sans foi, ni morale, ni loi. Tout en lui transpirait l'ignominie.

— C'est un monstre ! cria le vieillard. Qu'on lui coupe les... enfin la main droite ! C'est tout ce qu'il mérite.

Le voleur hurla. Ses yeux s'exorbitèrent. Il prétendit qu'il n'était qu'un miséreux et qu'il ne méritait même pas la mort, tant il en était indigne.

Plus il se défendait, plus la gitane était émue.

— Pourquoi être si cruel, nuança un autre avec une ironie glaçante. Il est jeune.

— Oui, insista la gitane, si jeune...

— ... Il suffit de lui casser les doigts de la main avec une grosse pierre pour qu'il ne recommence plus ses méfaits, poursuivit l'homme inventif. Qu'on aille m'en chercher une...

Le voleur hurla à effrayer les chiens.

— Et le fouetter sur la place publique ! proposa un autre en supplément.

— Arrêtez ça !

La gitane n'en pouvait plus d'entendre pareilles atrocités.

Mais la foule, qui avait grossi, ne manquait pas d'idées imagées pour lui infliger une sanction exemplaire qui servirait à tous ceux qui étaient attirés par la vie facile et la débauche.

— Il faut le pendre à ce platane, suggéra un homme.

— Qu'on apporte une corde ! demanda un autre entreprenant dans la horde. Le détrousseur de handicapés mérite son sort.

La gitane se rassura quand les policiers à moustaches décidèrent qu'ils ne pouvaient pas laisser faire. Dans leur uniforme impeccable, derrière leurs moustaches taillées au poil près, ils étaient contraints de rappeler qu'ils représentaient la loi, qu'il leur revenait de conduire le déviant devant le tribunal, la justice était faite pour éviter les règles de la jungle et de la rue.

Ils poussaient déjà dans le dos leur prisonnier pour l'emmener, quand Ibrahim s'interposa en levant un bras en l'air. Il prit la parole, les yeux levés au ciel pour dire sur un ton messianique :

— Je chante pour l'amour et l'amitié, la communion entre tous les êtres, la fraternité et l'entraide…

Il prononça ces phrases qui auraient pu être celles de l'émir Abdelkader, Moïse, Ibn'Arabi ou Saint Thomas d'Aquin :

— … L'homme m'est cher qui est sans haine pour son prochain, bon, miséricordieux, sans égoïsme ni amour-propre, pur, patient, sans excès de joie ou de colère…

De nouveau, sa parole força le silence et le respect. La gitane en fut ragaillardie et vint se ranger derrière lui. Les gens baissèrent leur tête, comme étourdis après avoir frôlé le lynchage. Devant l'assemblée, il ajouta que le début de l'amitié commençait par un geste d'amour qui savait s'extraire de la lutte pour se faire fraternel…

La gitane applaudit et versa une larme.

— … Un sourire ne demande pas d'être d'accord. Avant de parler de dialogue, de volonté de convaincre l'autre et de le convertir, il faut cesser de le considérer comme un ennemi à combattre et à éliminer. Tous les êtres désirent le bonheur…

Il pointa son visage sur le voleur.

— N'est-ce pas ?

— Ah oui, hurla le presque lynché. Je veux le bonheur !

La gitane pleurait. Elle essuyait ses larmes avec un pan de sa longue robe bariolée.

— … alors il faut faire preuve de bienveillance, poursuivit Ibrahim… Que nul ne fasse à autrui ce qu'il ne souhaite pas qu'on lui fasse, qu'il se propose de faire à autrui tout ce qu'il désire pour lui-même…

Il demanda au voleur son nom.

— Mourad, bégaya, en deux temps, le bougre qui n'en revenait pas d'être encore en vie.

Ibrahim posa son regard sur le rescapé qui, en retour, le regarda avec effarement, ne sachant pas à quel saint se vouer ni à quelle sauce on allait le manger après ces beaux discours. Soupçonnant une ruse pour endormir sa vigilance, soudain, il tenta d'un geste brusque de se détacher de l'emprise des policiers et s'échapper. En vain.

L'agent qui le ceintura demanda à Ibrahim s'il souhaitait porter plainte contre lui. La gitane porta son regard sur lui. Elias le devança et proposa qu'on le laisse partir.

Ibrahim répéta :

— Faire plaisir à autrui, voilà ma justice…

— C'est une parole de saint homme, dit la Gitane.

La foule, qui aurait préféré une punition exemplaire, se renfrogna un temps, avant d'accepter le verdict des deux amis handicapés. Si eux pardonnaient, comment aller contre leur souhait ? Leur cœur était d'une pureté que nul argument ne pouvait contrarier.

Mal à l'aise, les policiers libérèrent le bandit qui se prétendait Petit Poucet de Damas. Ils le regardèrent s'enfuir à toutes jambes à travers les mailles du filet, hagard mais heureux d'avoir encore ses deux mains et aucun doigt cassé.

— Toute sa vie, il va se demander ce qu'il lui est arrivé ! imagina Elias en le regardant disparaître au fond d'une ruelle.

— C'était son jour de chance, ajouta Ibrahim en regardant la foule réunie autour de lui. Comme pour nous.

— Merci pour lui, glissa la gitane. Chacun d'entre nous a droit à ce jour de chance pour réfléchir au chemin qu'il doit suivre…

Blanc-Noir courut après lui en jappant, histoire de lui rappeler que la prochaine fois il serait sans pitié pour ses mollets de voleur éhonté qui osait dévaliser des handicapés. D'ailleurs, avec lui, ils seraient désormais protégés.

Puis la petite foule se dispersa. Le calme revint. L'argent fut rendu aux deux infirmes, qui ne l'étaient plus tant que ça, tant les regards sur eux avaient changé. Messieurs Foulousse et Nour avaient sacrément gagné en considération. Chacun était maintenant quelqu'un.

La gitane trouva dans la poche de sa robe des piastres qu'elle y avait glissées par mégarde et les tendit à Elias.

— Prends-les ! C'est ma contribution à la chanson.

— Garde-les pour nourrir tes enfants, l'obligea Elias.

— Non. Je te les donne. Mes enfants attendront.

Il la remercia.

Sur le chemin du retour, avec leur recette, les deux amis devenus riches se payèrent des glaces à l'eau et burent des boissons sucrées dans un magasin arménien. Ils achetèrent aussi des provisions pour le dîner et quelques repas des jours à venir.

Ils rentrèrent dans leur taudis, fort satisfaits de leur journée bien remplie.

À côté d'eux, Blanc-Noir, les suivait. Ou plutôt les escortait. Tranquille. Il était heureux d'avoir trouvé sa famille d'adoption. Il avait désormais un emploi et une mission. D'Ibrahim, il allait être le garde du corps. À trois, on est plus forts.

En route, ils repassèrent devant le vieux Hadj Youssef, qui, le matin même, avait senti en eux une bonne énergie et prédit leur bonheur, malgré les malheurs qui ensanglantaient le Mont-Liban en ce début de juillet.

— Alors, demanda Hadj Youssef, comment était votre journée ?

— Excellente, Hadji, tout ce que tu as senti ce matin s'est produit… c'était incroyable !

— Ah, je le savais … j'avais capté les ondes… vous avez eu du succès, ça se voit à la bulle qui vous entoure…

— Tu es un devin, dit Elias.

— Non, non, seulement sensible… je m'intéresse à la vie des autres, à leur sort plus qu'au mien, rien de plus…

Il les invita à prendre place autour de sa table bancale sur le trottoir pour un café ou un thé noir. Ils lui racontèrent le menu détail de cette invraisemblable journée de miracles. Il s'en réjouit encore plus qu'eux. Ils lui offrirent un bon paquet de piastres qu'ils avaient récoltées. Il tenta d'abord de les refuser. Qu'allait-il en faire, à son âge ? Ils le forcèrent à les accepter, pour sa famille et tous les pauvres de son quartier qui n'avaient rien à manger.

— Si c'est ainsi, dit le Hadj, sans se départir de son sens de l'humour qui le maintenait en vie, repassez devant moi demain, et tous les jours je vous porterai encore chance.

Sur ces mots légers, ils prirent congé, certains que demain serait encore mieux que la veille. Ils marchèrent en flottant, un long moment, pour sortir des remparts et retrouver leur cahute à la périphérie.

À leur passage devant la mosquée des Omeyyades, Elias donna une poignée de piastres à un vieil aveugle qui demandait l'aumône au nom de Dieu.

— Donne-lui aussi à manger, proposa Ibrahim.

La nuit tomba sur le campement des damnés, qui, si tout se déroulait comme prévu, n'allait plus le demeurer encore longtemps. Pour eux, la belle vie pouvait commencer. Il leur fallait juste ne jamais oublier d'où ils venaient pour ne pas se perdre en chemin.

— J'ai bien fait de te dire que tu avais du talent ! rigola Elias en faisant tinter les piastres dans sa petite bourse.

— Mais je savais que j'étais doué pour la chanson ! Qu'est-ce que tu crois ?! Mes parents devaient l'être aussi...

Deux lampes furent allumées, tels des lampions, dans leur masure. Elles jetaient leur halo sur les visages ravis des deux amis désormais nantis. Tout près était un petit foyer haussé sur quelques pierres brutes sur lequel brûlaient un feu de charbon et une cafetière de cuivre avec du café épais. Devant, sur une vieille couverture, Noir-Blanc trouva sa place. Il ne lui manquait qu'un os à ronger pour que cette journée se termine en apothéose, mais chez les pauvres, on ne mangeait jamais de viande. Les os étaient rares. Les gens les dévoraient en les broyant de toutes leurs dents pour en extraire la moelle et n'en rien perdre. Ce mets n'était pas à la portée des bourses dans les taudis. L'odeur si alléchante du poulet grillé ne pouvait être humée que dans les quartiers riches de la cité.

Sur le feu, Elias cuisina rapidement des légumes frais et des pois chiches. Ils se restaurèrent en se racontant la merveilleuse aventure qu'il venait de vivre. Elias ne put s'empêcher de redire que la cartomancienne leur avait jeté un sort en touchant la main d'Ibrahim, mais ils l'avaient bien déjoué avec l'aide d'Allah et Jésus, qui leur avaient envoyé un messager ce matin même : le merveilleux Hadj Youssef. Il avait su lire les lignes de leur main et prédit leur avenir.

Le comportement de la gitane avec Mourad le voleur leur avait paru bizarre…

Il était tard et les voisins les entendaient rire bruyamment sous les étoiles comme s'ils étaient heureux pour la première fois de leur vie. L'un d'eux vint frapper à la porte, s'excusa pour son intrusion et demanda à Ibrahim l'autorisation de lui poser une question, à condition qu'il n'en soit pas offensé.

— Je t'ai vu au *Café des Rosiers*... dit-il. C'était magnifique !

—Je te remercie, dit Ibrahim.

— ... Mais pourquoi tu ne chantes jamais chez nous, dans le quartier des pauvres, et toujours dans ceux des riches. Les habitants se sentent malheureux d'être privés de ton talent, alors que tu es l'un des nôtres...

Ibrahim reconnut la négligence. Elias et lui ne s'étaient pas préoccupés des leurs, depuis qu'ils avaient commencé leur tour de chant dans la ville. Mais l'argent n'était-il pas chez ceux qui en gagnaient par leur activité lucrative et qui habitaient dans les mêmes quartiers ?

— Merci Gabriel, de me donner l'occasion de me racheter, dit Ibrahim. Tu es un ange !

Quelques minutes plus tard, au milieu d'une petite foule d'enfants, d'hommes et de femmes estropiés par la vie, le chanteur donnait de la voix jusqu'à tard dans la nuit. C'était merveilleux. Il éclaira le lieu. Le silence des pauvres était encore plus touchant que celui des riches du *Café des Rosiers*. On entendait des larmes glisser sur les joues des femmes. Des hommes se mouchaient pour cacher les leurs. Jamais ils n'avaient entendu pareil enchantement dans leurs baraquements.

Dans le ciel, la lune et les étoiles s'étaient rapprochées d'Ibrahim comme des feux d'artifice à la retombée, pour illuminer davantage le bonheur qu'il distillait aux humains. C'était écrit dans les lignes de sa main.

C'était son chemin.

Puis, quand les derniers lampions se furent éteints dans le campement, les sourires ne parvinrent toujours pas à se décrocher des lèvres, même durant le sommeil.

Et les rêves des enfants furent bercés d'une musique douce comme jamais auparavant.

Le bruit allait courir dans les quartiers des gueux, qu'on pouvait être heureux.

Pour les deux amis, cette nuit fut également la plus étoilée.

Pour Noir-Blanc aussi.

Même si dans le ciel, les cumulonimbus qui menaçaient depuis des jours, avaient conservé dans leurs joues toute leur énergie.

Ensuite, tout s'enchaîna. Le bonheur qui était né allait continuer. Le lendemain, ils furent réveillés par les voix des voisins qui bavardaient en prononçant leurs noms devant leur cabane. Elias rampa jusqu'à la porte et l'ouvrit. Un étranger était là. Il le reconnut aussitôt. C'était Samir, le gardien de la maison de l'émir Abdelkader. Il n'avait pas pu attendre plus longtemps pour les retrouver. Il était venu de Bab Swiqa sur un splendide cheval noir que des enfants admiraient avec fascination.

— C'est Samir, dit Elias à Ibrahim. L'Algérien gardien de la porte...

— Oui, je l'ai entendu...

Ils sortirent comme ils purent de leur masure, saluèrent Samir et, par pudeur, n'osèrent lui proposer de rentrer. Ils n'avaient rien de digne à lui offrir, pas même de l'eau fraîche.

— Que la paix soit avec vous, lança celui qui protégeait la porte de son maître avec perspicacité. Je vous ai retrouvés. Comme je vous l'ai dit hier, j'ai une dette envers vous...

— Pourquoi dis-tu cela? rétorqua Ibrahim. Tu ne nous as pas offensés... Tu as dit que si tous les gens qui passaient devant ta porte se mettaient à en compter les clous, elle serait vite abîmée et tu avais raison...

— Je confirme, ajouta Elias. Ils allaient finir par graver leurs noms sur la belle porte sculptée...

— Oui, c'est vrai, mais je n'ai pas été hospitalier avec vous... et je confesse que de mauvaises pensées m'ont traversé lorsque je vous ai vus...

— ... par exemple?

— Je vous ai jugés par votre apparence physique...

— Tu n'es pas le seul...

— ... aussi suis-je venu vous faire une invitation que j'espère vous me ferez le grand honneur d'accepter...

Il expliqua que la veille, de retour à la maison avec les provisions, il s'était empressé d'évoquer à l'émir Abdelkader la formidable rencontre qu'il avait faite au *Café des Rosiers* et sans attendre, le saint homme avait demandé à voir ces deux jeunes bénis de Dieu.

— Il vous attend pour le déjeuner.

— Qui nous attend? demanda Elias.

— L'émir Abdelkader.

— L'émir Abdelkader?

— Le fils de Muhiédine. En personne!

D'abord, Ibrahim hésita. Ce qu'il entendait ne semblait pas réel. Pas plus qu'à Elias. Rencontrer l'émir en chair et en os dans sa maison de Bab Swiqa qui les faisait rêver depuis toujours?!

— Si c'est vrai, dit Elias, c'est un beau cadeau que tu nous fais, Samir, mais regarde (il se tourna vers l'assemblage hétéroclite de cartons, bois et ferrailles qui leur servait de toit), nous ne sommes pas dignes d'aller chez l'émir… et nous n'avons que des haillons pour nous vêtir…

—… et nous sommes sales, regretta Ibrahim. Ici, nous nous lavons sommairement, il n'y a pas d'eau, pas de puits ni de fontaine… nous sentons mauvais… notre haleine...

— Na, na, na ! coupa Samir en souriant de ses belles dents. Venez dans nos murs, venez, prophètes éloquents, convives de nectar, disciples aimés des dieux. L'émir vous accueillera tels que vous êtes. Il n'y a pas homme plus simple, honnête et humble. N'ayez aucune crainte. Vous connaissez l'adresse… À plus tard.

Il s'éloigna.

— À midi ! conclut-il sans leur donner le temps de trouver d'autres arguments pour se défiler.

Il monta sur son beau cheval et tranquillement reprit son chemin.

Dans son dos, les deux amis restés en apnée reprirent leur respiration et quelques couleurs. Une deuxième belle journée commençait pour eux, après celle de la veille au *Café des Rosiers.* Ah oui ! Damas était une ville de magie où un miracle pouvait survenir à chaque instant, même pour les plus démunis. N'en déplaise à la vieille cartomancienne aigrie !

Tout au long de la matinée, sous les yeux surpris de Noir-Blanc, ils essayèrent d'arranger leur présentation, propreté du visage, coiffure, ongles, chaussures, vêtements ; en se mirant dans le morceau de miroir cassé collé au mur, ils s'enduisirent le corps d'une mixture de fleurs et d'herbes odorantes pour dissimuler l'odeur de leur misère... sans être convaincus du résultat. Ils avaient le sentiment que leur accoutrement souillerait la maison de l'émir.

Néanmoins, quelques heures plus tard, tout émoustillés, ils se présentaient devant la porte. Samir leur ouvrit avec un sourire béant pour les mettre à l'aise.

« Soyez les bienvenus, chers amis ! Il vous attend. »

Des senteurs de jasmin envahirent immédiatement leurs sens. Le choc fut magistral. Ils n'avaient jamais rien vu d'aussi beau. Ils pénétrèrent dans une cour intérieure aux dalles de marbre, ornée de deux fontaines mauresques et ombragées par des orangers en fleurs et en fruits. D'élégants portiques, de marbre eux aussi, des salons décorés avec luxe et meublés à l'oriental, entouraient la cour. Une fontaine centrale tout en mosaïques à carreaux de couleurs chaudes jouait avec ses clapotis d'eau fraîche. Des pots de fleurs et de plantes multicolores aux senteurs enivrantes étaient disposés sur le sol et aux fenêtres, récemment arrosés. À l'extrémité de la cour se trouvait une élégante façade décorée de pierres de l'époque mamelouke. Au-delà de cette façade, un hall d'accueil d'été avec de hauts plafonds semblait attendre des visiteurs importants. Là aussi, une fontaine intérieure ajoutait sa grâce onctueuse au décor.

Il y avait un grand *iwan* à une autre extrémité de la cour, une salle voûtée, rectangulaire, qui s'ouvrait sur un jardin à travers une grande arcade. Des décorations et des calligraphies qui ornaient cette pièce reflétaient son importance religieuse et culturelle. Elle devait sans doute servir à la prière, l'enseignement et les réunions sociales qu'initiait l'émir Abdelkader.

Toute la maison était décorée de peintures et d'arabesques où les couleurs tranchantes dominaient. Les plafonds, couverts de plâtre, de mosaïques et de bois, comportaient une variété de lignes de couleurs mêlées d'or.

Dans chaque pièce, le sol était couvert de riches tapis orientaux, posés au pied de confortables divans.

Dans une grande pièce, aux murs tapissés de livres et d'anciens parchemins, l'émir était là, accroupi au milieu d'un divan, penché sur un livre qu'il semblait être en train d'écrire. C'était un bel homme, la cinquantaine, à l'œil vif et pénétrant. Son teint était frais et animé, sa barbe grise et ondoyante. Sa figure calme, douce et modeste, était marquée par la pureté des lignes dans la majesté d'un visage.

Une robe blanche, serrée par une ceinture de cachemire, le couvrait tout entier.

Terriblement impressionnés, Ibrahim et Elias le saluèrent en portant leur main au front d'abord, puis sur le cœur. Il leur rendit leur salut avec grâce, avant de les inviter à le rejoindre sur le divan avec ces mots si simples : « Asseyez-vous et causons. Nous sommes déjà amis. » Sa parole était grave et ferme, pétrie de l'esprit de justice et d'inébranlable fermeté.

Un homme guida Ibrahim de la main, tandis que deux autres portèrent Elias vers l'émir.

Plusieurs livres étaient posés près de lui, tous d'une épaisseur considérable. On disait qu'en Algérie, pendant sa guerre contre l'armée française, il transportait toujours sa bibliothèque personnelle avec lui dans sa smala, son campement mobile, constitué de plusieurs dizaines de milliers de personnes.

Les deux invités se sentaient incapables de prononcer le moindre mot. À côté d'eux, Samir ne cessait de sourire. Il était aux anges. Abdelkader était impressionné lui aussi par ces deux êtres singuliers. Curieux d'en savoir plus sur eux, il les questionna avec délicatesse. Qui mieux que lui savait combien il était nécessaire d'avoir du tact avec les handicapés à qui sont dues l'entraide et l'hospitalité sacrée. De tout temps, ce devoir était chez les Arabes un point d'honneur. Naguère, d'ailleurs, au temps où les valeurs avaient un sens, ils accueillaient les voyageurs étrangers comme si ces derniers faisaient partie de leur famille, ne leur posaient point de questions indiscrètes, s'interdisaient de les mettre mal à l'aise d'aucune manière. Si profond était chez eux le souci de les accueillir selon les règles de la foi, qu'ils avaient même dressé leurs chiens à les rechercher dans les environs pour les conduire vers leurs maîtres empressés de leur offrir l'hospitalité.

Les deux amis contèrent leur histoire à leur prestigieux hôte. Il en fut touché. En Algérie, il avait vu si souvent la misère ronger les os et l'âme des gens modestes et les injustices sévir dans les tribus indigènes. Il les écouta avec compassion. Puis, quand ils eurent fini, il leur parla de politique, plus pour tester leur sensibilité que pour évaluer leurs connaissances. Comme il était au fait de l'actualité de guerre civile au Mont-Liban, il évoqua les risques qui menaçaient Damas. Plus que jamais, la coexistence pacifique était confrontée à de graves défis. Il n'était dans cette ville que depuis cinq ans, mais il avait déjà vu les germes de fragmentation dans l'extrémisme, le radicalisme, les polémiques, les disputes et les violences à motivation religieuse. Selon lui, ces turpitudes étaient alimentées par une culture de la haine qui pouvait causer dans les cœurs humains des lésions irrémédiables. Il fallait à tout prix la vaincre en lui opposant l'amour et l'amitié entre musulmans et chrétiens, même si la tâche était ardue, tant étaient nombreux les comportements négatifs des uns envers les autres : suspicion, peur, rivalité, exclusion, persécution, polémiques, médisances…

Ibrahim et Elias n'osaient l'interrompre. Ils se sentaient si proches de lui. Nul plus que le grand homme ne souffrait du gémissement universel de la nature, des hommes et des sociétés. Nul ne confessait plus haut les abus sociaux, politiques et religieux. Nul n'espérait davantage un réparateur à ces maux intolérables de l'humanité.

Ibrahim voulut lui rappeler que c'était lui l'Envoyé de Dieu pour cette tâche, mais il attendit que l'émir, après un temps de méditation, murmure :

— Je vois dans les croyances ébranlées de l'homme, dans le tumulte de ses idées, dans le vide de son cœur, dans la dépravation de son état social, dans les tremblements répétés de ses institutions politiques, tous les symptômes d'un bouleversement imminent. Dieu se montre toujours au moment précis où ce qui est humain est insuffisant, où l'homme confesse qu'il ne peut rien pour lui-même.

Après un moment de respiration, il conclut :

— C'est vous deux qu'il a envoyés à moi pour cette tâche !

Les deux amis ne purent s'empêcher de rire sous cape. Eux, les envoyés de Dieu ? Il y avait erreur sur la personne.

Pas pour le saint savant. Avec une sincère admiration, il leur dit qu'ils incarnaient non seulement pour les Syriens et les Libanais, mais aussi pour l'humanité entière, son idéal de société, celui pour lequel il s'était battu toute sa vie et avait quitté son cher pays en promettant aux Français de ne jamais y retourner.

— Il y a une lumière pour l'homme qui éclaire le cœur et qui ne trompe jamais, car elle est à la fois évidence et conviction. Vous êtes de ceux que la Providence m'envoie et qui doivent accomplir une grande part dans le renouvellement qui se prépare.

Alors qu'il parlait avec mélancolie et conviction, à ce moment-là des gens de la maisonnée demandèrent la permission d'entrer. L'émir les invita d'un signe discret de la main. Ils apportèrent des nattes de jonc qu'ils étendirent sur le plancher, puis placèrent dessus de nouveaux tapis. Ils revinrent avec une petite table de Bethléem en bois incrusté de nacre de perles sur laquelle ils posèrent plusieurs plats pour le repas.

Le déjeuner se composait d'un *pilau*, un plat de lait aigri mêlé avec de l'huile, et de morceaux de mouton haché, pilé avec du riz bouilli. Jamais les ventres des deux garçons n'avaient autant gargouillé devant les senteurs d'une nourriture si savoureuse. Elias décrivait à Ibrahim le contenu des plats qu'il plaçait devant lui pour lui faciliter le toucher. Ibrahim prenait son temps pour apprécier les mets qu'il portait à sa bouche.

L'émir était ému de leur connivence naturelle. L'un aimait l'autre plus qu'il ne s'aimait lui-même. Il voyait bien que la faim les tiraillait. D'ailleurs, ils ne purent résister longtemps avant de plonger plusieurs fois leurs doigts dans les plats et se concentrer uniquement sur le plaisir que les aliments leur procuraient. Ils ne savaient pas simuler. Ils n'avaient jamais appris. Si bien qu'ils ne remarquèrent même pas qu'Abdelkader s'était contenté d'en goûter un, simplement, du bout des doigts, et que, d'un œil discret, il les regardait se régaler. Le soufi jeûnait souvent pour la méditation. Sa nourriture spirituelle lui suffisait. La rencontre avec les deux frères était sa récompense du jour. Elle le comblait.

Au cours de ce qui était devenu un déjeuner-travail, il continua de parler des différences entre les êtres humains :

— Tous les peuples forment une seule communauté, ils ont une seule origine, puisque Dieu a fait cohabiter tout le genre humain sur la terre ; ils ont aussi une seule fin dernière, Dieu, dont la providence, les témoignages de bonté et les desseins de salut s'étendent à tous, jusqu'à ce que les élus soient réunis dans la Cité sainte que la gloire de Dieu illuminera, et où tous les peuples marcheront à sa lumière. »

À ce moment-là seulement, les deux amis cessèrent de mâcher la nourriture et portèrent leur attention vers lui pour digérer sa déclaration universelle, une de ses déclarations qu'Elias se devait d'apprendre par cœur pour être capable de la répéter dans les spectacles d'Ibrahim au *Café des Rosiers*. Sûr qu'elle ferait de l'effet.

L'émir ajouta avec une pointe de regret :

— Si les musulmans et les chrétiens avaient voulu me prêter leur attention, j'aurais fait cesser leurs querelles ; ils seraient devenus, extérieurement et intérieurement, des frères.

Ibrahim, resté plutôt disert jusque-là, murmura :

— Aucun de nous ne sera croyant jusqu'à ce qu'il aime pour son frère ce qu'il aime pour lui-même. C'est ce que j'ai appris avec Elias.

L'émir surenchérit :

— Bravo jeune homme ! Chacun doit aider les personnes atteintes de handicap, prendre le temps, être patient avec elles...

Elias surenchérit :

— Tout le monde a des capacités. Le plus important, c'est le cœur. Une personne handicapée peut en avoir un plus clairvoyant que celle qui ne l'est pas. Ce n'est pas parce qu'une personne est aveugle que son cœur l'est aussi...

— Au contraire, poursuivit l'émir en regardant Ibrahim qui souriait, ravi de pouvoir entendre ces belles paroles. Le monde a besoin des contraires pour exister... Quelque chose me disait que nos étoiles étaient amies, et que nous nous conviendrions mutuellement. Je vois avec plaisir que mon pressentiment ne m'a pas trompé. Que Samir qui vous a découverts en soit remercié !

— Tout cela grâce à des clous... s'amusa Ibrahim.

Il expliqua à l'émir les circonstances de leur rencontre avec Samir.

Quand ils eurent partagé le pain de pur froment, les olives huileuses, le fromage avec l'amande et les figues mielleuses, l'émir tint à leur faire visiter sa bibliothèque. L'univers qu'Elias voyait et celui qu'Ibrahim ressentait les faisaient voyager comme jamais auparavant. Il leur parla du livre qu'il était en train d'écrire depuis qu'il était arrivé à Damas, *Le Livre des Haltes*, sur lequel il passait une bonne partie de ses journées. C'était l'ouvrage de sa vie. Les deux amis n'étaient pas en mesure d'en comprendre le premier mot, mais ils étaient éblouis par l'élocution du grand savant, frère d'Ibn' Arabi.

Ils étaient dans la demeure de l'émir Abdelkader ! Dommage que le photographe Tancrède Dumas ne fut pas là pour immortaliser la scène sur son papier où les morts restaient encore vivants jusqu'à la fin des temps. Ah oui, Damas était vraiment une ville de miracles et ils étaient fiers d'y vivre. Il fallait la protéger de ses démons qui cherchaient à la pervertir. Ibrahim devait chanter, chanter sans cesse à tue-tête sur le parvis des églises, des temples, des mosquées, des synagogues, dans les quartiers riches et ceux des chiffonniers, les campagnes et sur les montagnes, pour diffuser l'hymne à la fraternité. C'était leur mission. Un chant d'amour devait recouvrir partout le fiel de la haine et de la discorde entre les communautés.

L'émir les encourageait pour cela en les accueillant en sa demeure. Le visage et les yeux de Samir les avaient convaincus d'être au rendez-vous en comptant les clous de la porte d'entrée. Ils étaient à eux deux aussi importants que toutes les notabilités de la ville réunies. Voire davantage encore, car ils savaient faire chavirer les cœurs des êtres humains sans artifices, ni politique. Les hommes de toutes confessions, les femmes, les enfants, même les animaux et les oiseaux seraient convertis en écoutant la voix de l'aveugle qui ne voyait rien mais qui voyait tout. En ville, après les âmes, il ne manquait plus qu'à convertir les ânes qui demeuraient bougons pour cause de maltraitance des hommes, et qui tournaient le dos aux chansons d'amour. Mais ce n'était qu'une question de jours. Bientôt viendrait leur tour.

Lorsque l'émir leur annonça l'heure de la prière, les deux amis comprirent qu'ils devaient prendre congé. À ce moment-là, Samir entra dans la pièce. Ibrahim proposa alors à Abdelkader de chanter pour lui. Il en fut ému. Samir qui était à l'écoute, suggéra d'aller sur la terrasse de la maison, le meilleur endroit pour échanger avec les cieux et les dieux.

Deux hommes portèrent Elias et l'émir prit la main d'Ibrahim pour y accéder. « La religion a besoin de chansons et de poésie » lui dit-il. De ce point de vue, près du ciel, éclaboussé de lumière blanche, les plaines vert orangé et les montagnes roses offraient un spectacle à couper le souffle… sauf celui d'Ibrahim, qui se mit à chanter et subjuguer l'émir.

Quand il leur offrit une bourse pleine de piastres, de la nourriture en abondance, quelques livres et des vêtements en coton, ils feignirent pour la bonne séance de refuser, mais ils ne tinrent pas longtemps la position.

Il les accompagna en personne jusqu'à la porte, certains que leurs chemins se recroiseraient bientôt, *inch'allah* demain, sinon, après l'été en tout cas, car il allait se rendre le surlendemain dans sa résidence à Salié pour méditer, lire et écrire dans la fraîcheur des arbres fruitiers.

Chaque année, ce même jour, le 9 juillet, il suivait ce calendrier.

Il invita Ibrahim et Elias à venir un jour à la mosquée dont il était l'imam, pour leur présenter des gens de son entourage. Peut-être pourrait-il chanter pour les fidèles quelques versets du Coran, ils en seraient ravis et lui aussi.

Là encore, rendez-vous était pris. À ce rythme, bientôt leur agenda de vizirs serait plein ! Les deux amis s'en frottaient les mains.

Ils rentrèrent chez eux en savourant leur victoire sur les malheurs hérités à leur naissance. Ils avaient à présent un ami d'importance dans la ville. Mieux, un allié, un croyant, un être qui avait foi en l'amour et l'amitié universelle. Ce 6 juillet 1860 resterait gravé dans leur mémoire. Même si c'était le jour où un navire de guerre anglais et un autre français étaient arrivés dans le port de Beyrouth pour prévenir des troubles religieux, comme les avait informés Hadj Youssef, philosophe du trottoir. Pour eux, à Damas, les petits bonheurs s'accumulaient sur leurs chemins, recouverts de pétales de jasmin.

— Tous les chemins sont circulaires, dit Ibrahim, et ne mènent finalement qu'à soi-même. Ils sont clairsemés de pépites et de pépins. Les pépins voudraient nous empêcher d'accomplir notre destin et les pépites sont là pour nous tendre la main.

Décidément, ce jour était béni. L'émir était une pépite.

— Tous les chemins sont circulaires et ne mènent qu'à soi-même… Tu sais qui a dit cette belle pensée ? fit Elias.

— Oui, c'est moi, affirma Ibrahim. Il y a deux minutes.

— D'accord, mais avant toi ?

— Je l'ignore. Algorithme ?

— Ibn'Arabi !

— Quelle coïncidence ! s'esclaffa Ibrahim. J'ai reçu une révélation. Ça doit être parce que nous sommes passés près de son mausolée… Rien n'est hasard.

Un peu plus tard, la lourde nuit s'était affalée sur les masures des démunis. Ils s'apprêtaient à manger les mets que le saint homme leur avait donnés, lorsqu'ils entendirent quelqu'un frapper à la porte. Ils n'avaient jamais reçu autant de visites de toute leur vie en un seul jour. Peut-être avaient-ils oublié des affaires chez l'émir et Samir les rapportait.

Ibrahim sortit. Une femme, un foulard cachant ses cheveux, un doigt sur ses lèvres, était là.

Une sorte d'assurance régnait sur son visage et dans sa posture.

— Bonsoir. Je suis désolé de te déranger à une heure tardive. Es-tu bien le chanteur du *Café des Rosiers*?

— C'est moi, oui. Je m'appelle Ibrahim. Et toi, qui es-tu?

— Anna, la servante de Madame Suzanna… écoute, ma maîtresse t'a vu chanter au Café… elle a beaucoup aimé…

— Elle était dans la foule des hommes? demanda Ibrahim qui avait compris qu'elle avait du mal à délivrer son message à cause de sa timidité…

— Non, elle était chez elle, dans la grande et belle maison juste en face du café... elle t'a vu à travers la fenêtre du moucharabieh...

— La maison de Monsieur Ahnouri ?

— Oui, celle-là. Tout le monde la connaît...

— Son père est un grand monsieur, d'après ce qu'on dit... très humble et généreux... Qu'Allah lui en rajoute...

— Il est Chrétien... mais oui, sa fille a un grand cœur comme lui, une sensibilité sans égale ; c'est un être merveilleux, je... je mourrais pour elle si elle me le demandait...

— Tes paroles t'honorent, glissa Ibrahim.

— Nous avons recherché ton adresse dans la ville... Un certain Hadj Youssef m'a indiqué le chemin, il a prétendu vous connaître... et c'est comme ça que je suis venue ici...

— Oui, c'est un être merveilleux et cher... Je suis désolé de ne pas pouvoir te faire entrer chez nous, c'est très pauvre et rudimentaire...

— Oh mais je ne suis pas venue pour ça et je n'ai guère de temps... Prends ça !

Elle lui tendit trois fleurs comme si elle n'avait pas encore saisi qu'il était aveugle. Il avança à tâtons la main devant lui, toucha les fleurs et resserra les doigts sur elles.

Elle lui donna la clef du secret qu'elle apportait :

— Voici trois roses que Suzanna, ma jolie maîtresse, a cueillies pour toi au bord de la rivière Barada. L'une est blanche comme son corps, l'autre est rouge comme le plaisir, et la troisième est brune comme la nuit, les symboles du mystère. Elle t'attendra demain à 14 heures près de la fontaine des Omeyyades…

Pris de court, Ibrahim porta les fleurs à son nez. Leur parfum était narcotique.

— Dieu comme elles sentent bon ! Merci Anna.

— Je dois m'en aller, maintenant… tu as bien retenu le lieu et l'heure ?

— Bien sûr, mais comment la reconnaîtrais-je ?

— C'est elle qui te reconnaîtra, dit-elle en tournant les talons. Elle viendra à toi. Au revoir Ibrahim. Que dieu te garde !

— Au revoir, Anna.

De retour dans la masure, Elias qui était en train de se reposer, un livre à la main, lui demanda qui était cette personne avec qui il causait.

— C'était Anna, la servante de Suzanna…

— Suzanna ?

— La fille de Monsieur Ahnouri.

— Qu'est-ce qu'elle voulait ?

— Me voir, pardi ! Elle m'a envoyé ces trois roses… J'ai rendez-vous avec elle demain à 14 heures à la fontaine de la mosquée…

Elias se braqua.

— Rendez-vous ? Mais pourquoi ?

— Je ne sais pas.

Une lueur inhabituelle brillait sur le visage d'Ibrahim. Elias s'en rendit compte et s'en inquiéta encore plus.

— Tu es bizarre, tout à coup, mon ami…

— Bizarre, tu as dit ?

— Oui. Tu as l'air amoureux…

— Moi amoureux ?

— Oui, tu as bien entendu…

— D'une inconnue ?

— Je ne sais pas ce qui se passe dans ta tête, mais je ne t'ai jamais vu comme ça…

— … ça doit être à cause de la voix d'Anna. Elle était si limpide et suave… ce n'est pas tous les jours qu'on parle à une belle fille…

— Comment sais-tu qu'elle est belle ?

— Sa voix, Elias, sa voix… si…

— … limpide et suave, oui, tu l'as déjà dit…

— Quelle pensée traverse ton esprit, mon ami ? Je sens en toi une mauvaise énergie…

— Je te guiderai ! Je ne peux pas te laisser m'abandonner maintenant que le succès nous tend les bras. Je suis ton agent. Si une inconnue te fait un tel effet, tu serais capable d'aller la voir et regarder ensemble, avec elle, dans la même direction…

Ibrahim rit volontiers.

— L'invitation était personnelle, mais je ne peux pas faire autrement que t'emmener, tu le sais bien…

— Hum… j'ai des doutes maintenant…

— Tu ne dois pas.

— Tu m'as déjà dit que tu avais tes petits secrets… que tu allais à la mosquée sans me le dire…

— Je blaguais… Suzanna comprendra que si elle doit en aimer un, il faut qu'elle prenne le lot entier…

Elias sembla rassuré. À moitié.

— Merci, Monsieur l'artiste. Pour ce genre de rendez-vous, tu m'auras toujours sur le dos ! Désolé…

Les deux amis plaisantèrent un bon moment de leurs amours compliquées. Leur sort lié à la vie à la mort leur réservait de sulfureux moments à venir encore. C'était beau de voir les nœuds de leur vie misérable se dénouer en si peu de temps comme un paquet-cadeau.

— C'est quand même bizarre que tu appelles cette inconnue par son prénom, Suzanna, comme si elle était intime… insista Elias après un silence.

— Bizarre, tu as dit ? rigola Ibrahim. Ne crains rien, l'amour rend aveugle, mais avec moi il n'y a pas de risque…

La même nuit, le ciel fut bousculé par les éclairs et les grondements du tonnerre provoqués par les cumulonimbus. Le chien Noir-Blanc ne put s'endormir. Mais la belle vie tendait les bras aux deux amis inséparables. Il était enfin arrivé, leur avenir.

La vieille cartomancienne du *Café des Rosiers* avait tout faux. Dans les lignes de la main, elle n'avait jamais su lire.

Le lendemain, 7 juillet, la terre se mit à tourner telle une folle sur elle-même, le monde s'accéléra et tourbillonna comme pris dans un trou noir. Le ciel était encore chargé d'inquiétants nuages, quand Edmond Lanusse, le consul de France, arriva à la hâte chez l'émir Abdelkader. Il apportait une mauvaise nouvelle. Dans le quartier chrétien de Harat-El-Nassara, de graves altercations s'étaient produites entre musulmans et chrétiens. Des maisons et des magasins avaient été endommagés, des gens molestés, les rues étaient jonchées de détritus et d'autres restes des saccages. L'affaire ne s'était pas encore trop ébruitée, mais l'orage grondait sur toute la ville.

Aussitôt, l'émir mesura la gravité de la situation et, accompagné de quelques hommes, fonça en informer le gouverneur turc de la ville, commandeur des troupes en garnison à la citadelle. Peu après, elles parcouraient les rues pour rétablir l'ordre, aidées par les Algériens d'Abdelkader à qui était donnée l'occasion de montrer aux fauteurs de troubles qu'elles participaient à l'opération. Ils rentrèrent chez eux et le calme revint, précaire, comme c'était le cas depuis des décennies dans ce pays.

L'émir algérien le savait bien. Néanmoins, il renvoya ses hommes à leurs travaux et se prépara à se rendre à Salié pour l'été.

Hélas, le consul de France le retrouva peu après pour l'informer que, d'après ses services de renseignement, la haine était montée à nouveau et que de nouvelles flambées de violence étaient à redouter entre les communautés. L'armée et la police ottomane n'étaient pas pour rien dans cette aggravation soudaine… Hadj Youssef, l'oracle du trottoir, historien de la rue, en avait eu l'intuition. Les deux navires de guerre à Beyrouth préfiguraient des violences à venir. Il ne manquait plus que l'étincelle dans la poudrière.

Elle se produisit dans l'après-midi, quand les Damascènes eurent la surprise de constater que des vagabonds musulmans en haillons, dans un état de misère avancé, avaient été sortis de leurs quartiers miséreux et menés dans le quartier chrétien pour en nettoyer les rues. Ce spectacle les souleva et heurta leur orgueil en ébullition : Quoi ? Leurs frères balayaient le quartier des chrétiens ? ! La nouvelle se propagea comme une traînée de poudre. Très vite, des attroupements se formèrent, des cris s'élevèrent au ciel contre l'offense :

« Les musulmans ne sont pas vos esclaves ! »

« Nous voulons être respectés sur nos terres ! »

On s'arma de bâtons, couteaux, sabres, et plusieurs passants chrétiens furent de nouveau molestés dans les rues. Des bagarres éclataient ici et là. Des cris retentissaient dans les ruelles et les souks. Les hostilités, de nouveau déclenchées, repartaient de plus belle, sans qu'aucune autorité de police n'intervienne pour les empêcher.

Entendant le grondement de la haine qu'il abhorrait depuis si longtemps, Abdelkader, déployant cette fois tout ce qu'il avait d'éloquence et de persuasion pour prévenir le malheur, traversa le quartier en proie aux violences, jugea par lui-même les dégâts, et se rendit à la hâte chez les responsables musulmans, chefs, oulémas et cheiks pour les mettre en garde contre ce qui se tramait :

— Prenez garde à ce que vous allez faire. Vous pouvez déshonorer l'islam. Vous pouvez vous perdre et perdre votre ville. L'Europe ne sera pas insensible aux maux dont vous accablerez les chrétiens qui vivent paisiblement parmi vous. Réfléchissez !

Mais les chefs, cheiks et oulémas étaient insensibles. On lui répondit avec mépris :

— Nous n'écoutons pas tes paroles, elles nous sont suspectes. De même que tu as livré aux Français ton pays, l'Algérie, de même tu voudrais aussi leur livrer le nôtre !

L'émir soufi encaissa le coup.

— Je vous en conjure, répliqua-t-il. Au nom d'Allah. Empêchez ces massacres ! Si vous laissez faire, après ça, un jour un évêque s'établira dans votre mosquée des Omeyyades qui, autrefois, ne l'oubliez pas, était une église chrétienne...

Une réponse sèche lui fut envoyée telle une flèche.

— Nous ne t'écoutons pas !

Voyant que tout était perdu, dépité mais déterminé, Abdelkader rentra chez lui pour envisager avec ses proches les moyens de juguler la haine qui se déversait dans la ville. Le scénario du pire se jouait sous ses yeux, il le sentait. Il en voyait de nouveau les prémisses sur le chemin du retour à Bab Swiqa. Le feu prenait de toutes parts.

Au même moment, Ibrahim et Elias arrivaient dans le quartier, accompagnés de Noir-Blanc qui ne les quittait plus d'un pas. Ibrahim devait retrouver Suzanna près de la fontaine des Omeyyades vers quatorze heures. Il était sur son trente-et-un, tout comme Elias dans son dos, habillé des vêtements propres, en lin blanc, offerts par l'émir lors de leur visite. Tous les deux avaient tenté de se faire beau, sans résultat probant, mais la fleur aux dents les embellissait.

Plus ils avançaient dans les ruelles, plus ils réalisaient que le quartier était embarqué dans une effervescence maligne, des gens couraient de tous côtés en poussant des cris de guerre, de meurtre et de destruction, les mains armées d'objets de mort. Ils s'en inquiétaient. Surtout Ibrahim, dont la cécité amplifiait les sons et l'imagination.

Il demanda à Elias de lui décrire ce qui se passait.

— Des gens tiennent des bâtons, des haches, des couteaux, et courent vers Harat-El-Nassara…

Noir-Blanc aboyait.

Elias interpella un jeune homme qui passait le poing droit dressé au ciel :

— Que se passe-t-il ?

— Les chrétiens ont tué un musulman ! On va le venger, cria l'homme sans s'arrêter, le poing dressé.

La guerre civile était déclarée. Les rumeurs filaient à la vitesse de la lumière. Damas montrait à présent qu'elle était une ville où un malheur pouvait survenir à chaque détour des ruelles, même pour les plus nantis, car les émeutiers des quartiers pauvres galvanisés, fonçaient vers celui des riches pour en découdre avec ceux qu'ils jugeaient responsables de leurs malheurs.

Les chrétiens de Bab Touma et Harat-el-Nassara allaient subir de plein fouet la colère des musulmans, boutiquiers et artisans réunis.

— Il faut arrêter ! ordonna Ibrahim, rongé par l'angoisse.

— Les arrêter ? Nous ? Mais tu es fou ! Ils sont si nombreux, armés et fanatisés ! Essayons de sauver notre peau !

— Il faut prévenir l'émir Abdelkader !

— Mais comment ? On ne peut plus marcher dans les rues, tellement les hordes sont nombreuses, ils vont nous piétiner...

Noir-Blanc aboyait de plus belle pour participer au dialogue à sa manière.

— Mais où sont les soldats turcs, la police ?

— Arrête de me poser ces questions, Ibrahim, je n'ai pas de réponse. Qu'Allah et Jésus nous protègent, c'est tout !

— Alors conduis-moi vite chez le commerçant Ahnouri…

Elias tira l'épaule de son ami.

— Quoi ? Pour quoi faire ?

— Je veux trouver sa fille Suzanna que je devais rencontrer à la fontaine… elle est en danger !

— Non. Tu es fou ! C'est nous qui sommes en danger. Rentrons chez nous, Ibrahim. Cette agitation sent la mort… rentrons…

— Non, conduis-moi chez Ahnouri, insista-t-il.

— Comme tu es têtu ! Alors, d'accord, prends à gauche dans cinquante pas, puisque tu veux notre mort en allant voir une fille que tu n'as jamais vue et que tu ne verras jamais plus…

— Mène-moi chez elle, sinon j'irais seul !

Comme Noir-Blanc était mort de peur et sur le point de s'étouffer à force de japper, Ibrahim se baissa pour le prendre dans ses bras. Il le caressa. Le chien se calma.

Collés l'un à l'autre, ils progressaient maintenant ensemble dans la même direction, au milieu des flammes. Dans la ville en feu.

Il était midi. Dans le ciel, les cumulonimbus s'étaient retirés d'un coup, maintenant que le désordre régnait sur terre. On aurait cru qu'ils voulaient laisser les dieux constater de leurs propres yeux ce dont les hommes étaient capables quand la folie s'emparait de leur cœur et de leur esprit.

À présent, le soleil plombait la ville et la noyait dans une violente lumière. Les températures étaient montées à ébullition. Dans le quartier chrétien de Harat-Al-Nassara, les violences éclataient au moment où les cent voix des muezzins appelaient les croyants à la prière. Les minarets pleuraient pour de bon, cette fois, et personne ne pourrait essuyer leurs larmes.

On n'avait jamais vu une telle tension dévastatrice dans la ville des étoffes et des épices. Les musulmans noircissaient les rues, brandissant des objets hétéroclites, et formaient une vague d'assaut contre les chrétiens qui fuyaient devant eux. Bientôt, un torrent de sang allait tout emporter dans sa lave. La tentation de l'apocalypse était à son comble.

Pour ne pas être renversés, Ibrahim et Elias marchaient sur le côté des rues, longeant les vitrines des magasins, dont beaucoup étaient fermés, d'autres endommagés et déjà pillés. L'œuvre de destruction s'accélérait. Maintenant, on pouvait apercevoir dans la foule des soldats turcs, des musulmans, des Kurdes avec quelques Druzes, moins nombreux. Comme s'ils en avaient reçu l'instruction, les soldats de la citadelle marchaient en tête, précédant la foule armée de sabres, de tromblons et de haches.

Le cortège se terminait par des femmes qui excitaient les hommes au pillage et au meurtre.

La destruction commença par l'envahissement du consulat de Russie où des chrétiens orthodoxes s'étaient réfugiés en nombre. Tous les employés furent massacrés. Le pillage s'ensuivit par son incendie, sous les yeux de la foule exaltée et hurlante. Bientôt tout le quartier de Bab Touma à l'entrée du Harat-El-Nassara était en flammes. Des chrétiens affolés courraient au consulat de France pour s'y réfugier. Beaucoup succombaient en route, trébuchaient et finissaient écrasés par la foule, d'autres étaient roués de coups et laissés pour mort sur la chaussée.

Les tueurs entraient par escouades de plusieurs centaines en divers côtés du quartier. Ils progressaient dans les ruelles, puis, arrivés devant la porte des maisons chrétiennes, les soldats Turcs ouvraient les rangs et laissaient passer les hordes qui pillaient, enveloppaient les soieries, les riches habits, les narghilés, les bijoux, l'or, l'argent, les matelas fins et les belles couvertures dans de grandes étoffes qui recouvraient les divans, pour les porter dehors.

Les soldats restés à la porte prenaient ce qui leur plaisait dans les objets pillés.

Alors que les incendies ravageaient les maisons, quand des malheureux paraissaient à la porte pour sortir et sauver leur vie, les soldats les repoussaient dans l'intérieur. Lorsque des jeunes femmes imploraient la pitié, elles étaient déshonorées sur la voie publique, puis abandonnées à qui voulait les prendre. On rapportera plus tard, après les horreurs, que plus de mille jeunes filles furent ainsi outragées et que des centaines de chrétiennes réfugiées dans une maison de bains du quartier avaient subi d'épouvantables sévices.

Ibrahim et Elias étaient en grand danger dans le torrent sanguinaire qui risquait de les emporter à chaque instant, dans le flot duquel courraient en panique des ânes, des mules, des chiens et même des poulets avec leurs poussins. Les cris de cette basse-cour se mêlaient à ceux des humains qui appelaient au meurtre et d'autres, femmes, enfants, vieillards, qui demandaient de la pitié et des secours.

Quand ils parvinrent devant le *Café des Rosiers* où ils devaient signer leur premier contrat professionnel, la stupeur prit Elias à la gorge. Un incendie finissait de le ravager.

— Qu'est-ce qui se passe ? s'inquiéta de nouveau Ibrahim qui avait senti le silence anormal qui avait coupé le souffle de son ami. De plus, il reniflait l'odeur de brûlé qui asphyxiait l'atmosphère.

Elias ne pouvait lui dissimuler l'horrible tragédie.

— Ils ont incendié le *Café des Rosiers* ! dit-il en pleurant.

Le patron ainsi que deux employés gisaient dans une mare de sang, transpercés de toutes parts par des coups de lames tranchantes.

En état de sidération, Elias ne pouvait plus parler. Ibrahim non plus. Blanc-Noir ne jappait plus.

Dans le quartier, tout autour, on entendait les râles de douleurs, les cris de haine qui se mêlaient à ceux de la terreur. L'agitation sonore cauchemardesque resterait à vie dans les oreilles d'Ibrahim. Les chrétiens, de tous genres, âges, états, de toutes conditions étaient tués comme des bêtes, égorgés dans les maisons et dans les rues dont les issues avaient été fermées. Les victimes étaient encerclées comme des troupeaux, livrées à une boucherie impitoyable. Le sang coulait à flots, les massacreurs en étaient couverts. Ils foulaient des pieds tous ceux qui gisaient à terre et les hachaient en petits morceaux.

Comment des êtres humains étaient-ils capables de telles horreurs ?

Non loin du *Café des Rosiers*, les émeutiers pénétrèrent dans la maison de M. Ahnouri. Le riche marchand de tissus très respecté, n'avait pas voulu fuir de chez lui. Le pauvre homme n'avait fait que du bien à tous les gens de la ville, quelle que soit leur religion, pendant son existence. Jamais il n'avait fait de distinction entre les croyances des uns et celles des autres. Il disait que cela empoisonnait la société. Mais hélas, les émeutiers avaient dirigé leur haine contre les maisons des plus riches chrétiens, dont il faisait partie.

Le noble et généreux commerçant fut assassiné avec tous les hommes de sa nombreuse famille, en plus de six prêtres, ses hôtes et ses domestiques. Sa grande et belle demeure fut saccagée et incendiée. Une vingtaine de filles furent violées puis traînées nues dans les rues, à demi-mortes. L'une d'elles devait s'appeler Suzanna. On ne retrouva pas son corps. Mais on découvrit celui de sa servante, Anna, qui lui était dévouée corps et âme ; elle avait dit qu'elle était prête à mourir pour elle. On pouvait penser qu'elle avait dû se mettre en travers des assaillants avec une arme à feu pour permettre à sa maîtresse de s'enfuir.

Les deux inséparables, avec Noir-Blanc, se trouvaient devant la maison calcinée et les corps défunts baignant dans leur sang. Noir-Blanc s'était remis à aboyer. Il sentait à plein nez l'odeur âcre de la mort et des fumées. Ibrahim percevait les cris aigus des émeutiers qui cinglaient encore dans ses oreilles. Il demanda à Elias de lui dire où ils se trouvaient exactement, quand il entendit hurler :

« Le riche Ahnouri est mort ! Ses biens sont à nous ! »

À ce moment seulement, il comprit qu'il était dans la maison de Suzanna avec qui il avait rendez-vous à quatorze heures près de la fontaine. Tandis que le feu la consumait, des images étaient revenues hanter son esprit. Il s'était fait de belles idées quand sa servante était venue lui dire qu'elle aimait sa voix et ses chansons d'amour, qu'elle désirait le rencontrer, lui, le pauvre orphelin aveugle du quartier des gueux.

Oui, elle avait prononcé ce joli mot d'amour, « désirer », qui l'avait fait rêver, pourquoi s'en cacher. La cécité n'empêche pas d'aimer.

Quand Anna lui avait parlé, des pensées et des questions l'avaient bien sûr traversé. Il avait tiré des plans sur la comète. Des angoisses lui avaient serré la gorge quand il s'était dit que lorsqu'elle allait le voir en chair et en os et réaliser qu'il était aveugle, incapable d'admirer sa beauté de ses propres yeux, comment réagirait-elle ? Car depuis sa fenêtre, lorsqu'elle l'avait entendu chanter au *Café des Rosiers*, elle n'avait pas pu s'en rendre compte à cause de la distance. Oserait-elle l'embrasser ? Le serrer dans ses bras contre sa douce poitrine ? Serait-elle rebutée d'offrir ses lèvres à un handicapé ?

À force de penser, brusquement, alors que des émeutiers criaient encore leur rage et pillaient ce qui restait de la maison Ahnouri, il fut pris de panique et se mit à vociférer lui aussi, plus fort qu'eux, en avançant vers les braises et les flammes :

— Où est Suzanna ? Quelqu'un peut-il m'aider à la trouver ? Je cherche Suzanna. Où est-elle ? Pour l'amour de Dieu, aidez-moi.

— Qui est cette femme ? demanda une femme parmi les émeutiers. Décris-la.

— Je ne peux pas la décrire, je ne la connais pas.

— Et comment voudrais-tu la retrouver, si tu ne l'as jamais vue ?

— Je suis aveugle, mais aidez-moi, s'il vous plaît à la retrouver.

Il demanda à Elias dans son dos de l'approcher de la maison que le feu consumait.

— On ne peut pas, Ibrahim, avertit Elias, c'est trop dangereux. Mon Dieu, ça ne sert plus à rien, tout est en feu.

Comme il refusait de le guider, Ibrahim avança quand même au milieu des tueurs, vers les flammes, vociférant « Suzanna ! Suzanna ! » et Noir-Blanc ne cessait de japper, le corps noué par la peur.

D'abord, les émeutiers s'étonnèrent de la présence de cet aveugle et de ce paralytique rivé sur son dos, ensuite, passé l'effet de surprise, ils s'approchèrent et se firent menaçants.

Tous étaient armés de fer et de bâtons.

L'un d'eux prit à partie Ibrahim :

— Pourquoi hurles-tu le nom de cette chrétienne ?

— Il ne la connaît même pas, ajouta la femme qu'il avait questionnée. Il n'est pas normal, il n'a pas toute sa tête…

Un autre :

— Tu es chrétien ?

Ibrahim continuait d'avancer sans répondre. Et Noir-Blanc de japper à la mort, comme pour avertir les ennemis qu'il était son garde du corps et qu'il allait le défendre jusqu'à la mort. Ibrahim voulait trouver la jeune fille qui aimait sa voix, cette idée l'obsédait, il n'y avait plus qu'elle dans sa tête. Mais peut-être était-elle en train de l'attendre près de la fontaine, saine et sauve grâce à ce rendez-vous miraculeux.

Il répéta en postillonnant : « Je cherche Suzanna ! »

Pour mieux se faire comprendre, il sortit de son vêtement trois roses séchées que sa servante lui avait apportées et les brandit devant ses assaillants, dont la femme qui le prenait pour un fou.

— Elle m'a apporté ces roses.

— Mais tu m'as dit que tu ne l'avais jamais vue ! Tu mens !

L'un d'eux, dégoulinant de haine, le visage plié, l'invectiva :

— Tu es Chrétien ?

— Non. Je suis chanteur, rétorqua Ibrahim.

L'assaillant sortit un couteau et gueula :

— Un chanteur chrétien ?

Voyant le danger de mort s'approcher de la gorge de son ami qui brandissait stupidement ses roses à la main, Elias répondit à sa place :

— C'est moi le Chrétien ! Ibrahim est musulman.

À ces mots, Ibrahim comprit le danger qui guettait sa moitié. Il recula rapidement de deux pas pour l'éloigner de l'agresseur, se tourna sur le côté pour opposer son corps en protection.

— Qu'est-ce tu fais ? cria-t-il à l'homme.

— Tu es Chrétien, tu es Chrétien ?! s'excitait l'homme armé, surpris par l'arrogance de cet infirme hideux accroché pitoyablement au dos de son ami.

Il ironisa :

— Et Jésus Christ n'a pas pu te guérir, pourtant les chrétiens lui prêtent ce pouvoir, non ?!

Bousculant Ibrahim, en trois pas, il était à son niveau, face à lui et planta deux fois sa lame dans son cou, puis dans le dos, deux fois encore. Les yeux d'Elias s'exorbitèrent aussitôt, comme s'il ne réalisait pas qu'il avait été poignardé et que son sang chaud commençait déjà à souiller les beaux vêtements offerts par l'émir Abdelkader. Dans quelques minutes, la vie allait le quitter. Il entendit, comme s'il venait de très loin, le cri de douleur d'Ibrahim. « Elias ! Elias ! C'est mon frère, non ! Pas ça ! » alors qu'il se baissait pour le laisser glisser de son dos et reposer doucement sur le sol. Ses doigts tremblants touchaient les trous d'où le sang jaillissait au cou de son seul ami. Il tentait d'appuyer sur les plaies pour juguler le flot, sa tête pivotant autour de son cou, du sol au ciel, pour chercher une aide providentielle.

Il gémit à l'oreille d'Elias :

— Souviens-toi de ta promesse, Elias : si je meurs avant toi, je te prendrai la main pour t'emmener… Tu avais juré ! Puis, sans réponse, il leva la tête au ciel et implora les dieux et les humains qui étaient dans le coin :

— Aidez-moi, s'il vous plaît. Il va mourir !

L'agresseur, à quelques pas, essuyait la lame de son couteau, déjà à la recherche d'une autre proie à embrocher. Personne n'entendait la complainte de l'étrange aveugle qui avait l'air de porter une bien belle chemise blanche pour un miséreux. Comme c'était un menteur, il l'avait certainement volée.

La foule était occupée à l'œuvre de la mort et de la noirceur.

Celui qui avait tailladé Elias virevolta et s'approcha de lui, brandissant son arme.

— Comment t'appelles-tu ?

— Ibrahim, je m'appelle Ibrahim, mais aidez-moi, mon ami Elias perd son sang…

— Tu es musulman ?

— Oui, mais aidez-moi s'il vous plaît. C'est mon frère…

— Tu es musulman et c'est ton frère ? !

— Oui. Nous sommes deux moitiés. Je dois l'emmener à « la maison où l'on guérit » ! Je connais sœur Marie ! Vite ! Je t'en prie !

— De quoi me parles-tu, mécréant ? Quelle est cette maison où l'on guérit ? Et cette sœur Marie ?

— Elle travaille à l'hôpital Saint-Louis...

— Quoi ? L'hôpital français ? Sœur Marie ? Tu te moques de moi ! se révulsa l'autre. Heureusement que tu es aveugle, sinon je te trancherais la gorge toi aussi comme ton ami.

Ibrahim réussit à charger Elias sur son dos. Accompagné par Noir-Blanc aux abois, il se mit à courir de toutes ses forces, titubant, heurtant les murs, les devantures des magasins et des ateliers, dans la ville en feu en direction de l'hôpital français, à contresens de la foule en rage, mais ses yeux ne pouvaient pas l'aider à se diriger. Tout en courant tel un ridicule somnambule, il demandait à Elias qui était secoué dans son dos comme un pantin désarticulé :

— Guide-moi, frère ! Guide-moi ! Sinon je n'y arriverai pas. Montre-moi le chemin.

Ballotté, en sang, Elias à qui il restait encore un filet de vie, souffrait le martyre, il pouvait à peine balbutier quelques débris de mots, ou tenter d'indiquer vaguement de sa main la direction de l'hôpital, car elle partait dans tous les sens.

Pour lui, c'était la fin du chemin.

Ibrahim avait beau demander à des gens qui couraient de le conduire, mais c'était peine perdue. À l'un d'eux qui passait sur son cheval, le même que celui de Samir le gardien de la porte de l'émir, il cria quand même :

— Hé toi ! Arrête-toi ! Tu es Algérien ? Tu connais l'émir Abdelkader ? C'est mon ami. Mène-moi à lui, je t'en supplie ! Tu auras des piastres.

Le cavalier qui avait ralenti son cheval le prit lui aussi pour un dément et poursuivit sa route dans la rue en furie.

Anéanti, Noir-Blanc suivait Ibrahim, hagard, il ne comprenait pas le langage des humains, pas plus que leurs comportements. Chez les siens, les chiens, il y avait toujours un sens des valeurs de la communauté et du bien commun, une logique qui résistait à la folie dévastatrice.

Ibrahim s'épuisa à tourner en rond autour du quartier en feu et noir de monde. Il dut s'arrêter pour respirer et réfléchir. Ah s'il avait eu la vue ! Des yeux lui auraient été bien utiles pour sauver Suzanna et Elias qui étaient maintenant ses deux seuls projets de vie.

Il en avait oublié Noir-Blanc.

Ses beaux vêtements étaient tout sales, à présent. La transpiration, le sang et la poussière avaient souillé leur blancheur. Il s'assit sur un mur bas et murmura dans son dos : « Elias ça va ? » Sans réponse, il virevolta et toucha le corps de son ami. La tête était pendante. Il ne respirait plus. Le sang avait barbouillé sa belle chemise. Son visage était transparent. Ibrahim posa sa main sur son front, puis sur ses joues et ses lèvres dans l'espoir de sentir un brin d'air. Il les caressa. Il l'avait perdu. Il ne reviendrait plus.

— Je n'avais qu'un ami, la mort me l'a pris, pleura-t-il à Noir-Blanc qui gémissait à ses pieds.

Quelle coïncidence dans ce moment tragique, de voir arriver vers lui un garçon valeureux, qui voulut immédiatement lui porter secours en se mettant à genoux devant Elias.

— Tu ne me reconnais pas, Ibrahim, dit-il, puisque tu es aveugle, mais moi je me souviens très bien de toi. Je suis le voleur des rues que tu as sauvé des mains des policiers turcs…

— Ton nom est Mourad, oui, je n'ai pas oublié, je reconnais ta voix…

— Tu m'as sauvé alors que je t'avais volé, j'ai une dette envers toi. Allah croise de nouveau nos chemins, tu vois…

— Oui, c'est Lui qui t'envoie… conduis-nous vite à l'hôpital français, je veux sauver mon ami Elias…

Mourad regarda Elias.

— … je dois t'avouer une chose : je suis le fils de la cartomancienne qui voulait lire les lignes de ta main pour te dire ton avenir…

— Oui, je me souviens d'elle aussi… Son fils ?

— Oui. Dans notre tribu, nous sommes des voleurs de génération en génération, c'est ainsi… pour ce que j'ai fait, je te demande de me pardonner, mais laisse-moi t'aider, Dieu fait des miracles…

Il s'inclina vers le corps inerte d'Elias et inspecta vaguement son état, l'intérieur de ses mains pour y lire une information, un chemin. Torturé, Ibrahim demanda tristement : « Il est mort ? »

En baissant les yeux, le garçon posa sa main sur son épaule. « Oui. Son dieu l'a rappelé à Lui. »

Puis, comme dans cette ville en proie à la déraison personne n'allait les aider à ramener le corps chez lui, Mourad le souleva de ses bras musclés et le porta.

Il proposa à Ibrahim de s'agripper à sa ceinture pour se diriger dans les ruelles, jusqu'au quartier des gueux où ils habitaient. Il fallait enterrer Elias. À côté d'eux, Noir-Blanc se sentait toujours inutile. Il marchait en se collant à la jambe de son maître que la vie semblait avoir quitté d'un coup, aussi, depuis le départ d'Elias. Il sentait qu'il ne chanterait plus jamais au *Café des Rosiers*. Un immense chagrin avait formé une boule dans la gorge d'Ibrahim le chanteur charmeur. Sa voix ne serait plus jamais à la hauteur.

L'émir Abdelkader arriva chez lui avec les Algériens qu'il avait pu réunir. En entrant à grands bruits dans la vieille ville avec ses fidèles à cheval, il tomba sur les hordes sauvages qui venaient de tuer le consul de Hollande et se précipitaient, haches et couteaux à la main, sur la chancellerie de France d'Edmond Lanusse.

Du haut de son cheval, il les apostropha, sabre à bout de bras :

— Je suis l'émir Abdelkader, fils de Muhiédine. Au nom d'Allah le Tout-Puissant, je vous demande d'arrêter ou je brûle votre ville !

Ses paroles firent long feu. La haine avait gangrené les cœurs.

— Écarte-toi de notre chemin, l'Algérien, tu n'es pas dans ton pays. Ici, tu n'es rien !

— Oui, passe ton chemin ! Tu es l'ami des chrétiens ! Tu es Français !

— Traître !

La tension montait. L'émir et ses hommes reculèrent et se rendirent au consulat de France, emmenant les familles chrétiennes qu'ils rencontraient en chemin.

Ensuite, avec les consuls de France, de Russie, de Grèce, les sœurs de charité, les lazaristes, il les escorta dans sa propre demeure. Jusqu'à la nuit et le petit matin, aidé des membres de sa famille et d'autres Algériens qui l'avaient rejoint, il sortit plusieurs fois à cheval avec ses troupes et ramena chez lui des milliers de personnes terrorisées. Chaque heure comptait pour sauver des vies humaines, des vies chrétiennes.

Mais beaucoup d'entre eux n'avaient pu le rejoindre à son passage dans les divers points de sauvetage. Par les terrasses qui dominaient les maisons, bon nombre gagnèrent la résidence du patriarche grec catholique et son église. Hélas, le feu les dévorait déjà. Trois à quatre mille malheureux réussirent à s'enfuir, parmi lesquels le patriarche, quatre évêques, trente-quatre prêtres, des familles rescapées…

Ils quittèrent la ville pour aller se réfugier au couvent russe à deux heures de Damas. Ils marchaient en colonne, les hommes armés sur les côtés, au milieu les femmes, les prêtres et les enfants, quand ils furent assaillis par plusieurs centaines de poursuivants. La caravane fut massacrée. La sauvagerie fut indescriptible. Seules dix-huit cents femmes et filles eurent la vie sauve, mais là encore, entraînées dans les jardins et dans les maisons voisines, elles subirent des outrages inouïs. De ce carnage, quelques hommes, dont des prêtres, survécurent et trouvèrent refuge chez des musulmans qui leur avaient offert l'hospitalité.

Des femmes chrétiennes furent vendues à des Kurdes et emmenées dans des harems. D'autres eurent la chance de tomber sur le consul de France, qui, déguisé en Bédouin, parcourait encore les rues avec des Algériens pour acheter ces infortunées et les arracher à leur sort. Une fois libérées, elles étaient recouvertes avec les larges burnous des hommes et conduites chez Abdelkader. Cependant, leur nombre dépassa vite la capacité d'accueil de la maison et comme les vivres manquaient, il fut convenu que n'y resterait que le nombre de personnes qui pouvaient s'y abriter et y rester décemment, les autres se rendraient à la citadelle, sous la protection des Algériens.

Les soldats de la garnison turque seraient responsables de leur sort, aux yeux des Européens.

Abdelkader resta plusieurs nuits et autant de jours assis sur une natte à la porte de sa maison, protégeant les chrétiens qu'il avait recueillis dans sa vaste habitation, tandis que ses Algériens affrontaient les émeutiers pour tenter d'arracher de leurs mains les chrétiens encore en danger de mort. Le matin du troisième jour, excédé par l'odieux carnage, il se rendit chez le gouverneur Ahmed-Pacha. Il fut désorienté de le trouver en train de fumer tranquillement son chibouk dans une chambre confortable de la citadelle, pendant que le sang coulait dans les ruelles et que brûlait le quartier chrétien.

— Excellence, lui dit-il, blessé et déterminé, ces massacres sont infâmes et déshonorants pour l'islam. Il faut les arrêter, les chrétiens sont nos frères. Faites quelque chose, au nom d'Allah. J'ai des hommes dévoués et nombreux. Nommez-moi votre lieutenant, donnez-moi des ordres, sauvons ces malheureux !

— Bonne pensée, lui répondit le Turc, voulez-vous des fusils ? Il y en a quatre cent à votre disposition. Dans une heure, ils seront chez vous.

Étrangement, l'affaire fut vite soldée. Peu après, les fusils étaient transportés chez l'émir, heureux de pouvoir mettre fin à tant d'horreurs. Cependant, dans la foulée, alors qu'il essayait un fusil, il reçut d'Ahmed Pacha une interdiction formelle de les utiliser contre les musulmans. Elle était notifiée dans un billet qu'il lui fit parvenir :

« Ne vous mêlez plus de cette affaire ! »

Entretemps, autour de lui, ses conseils avaient décidé de ne prodiguer aucune aide à l'émir algérien qu'ils accusaient d'être à la solde des Français. Et donc des chrétiens, leurs protégés.

Le pire était encore à venir.

Deux heures plus tard, Samir, le proche de l'émir qui avait ses entrées chez les autorités turques, vint lui porter une inquiétante information :

— Les Turcs ont chargé cinq mille bandits de t'attaquer dans ta maison !

— Cinq mille bandits ? M'attaquer ? se cabra l'émir d'un air courroucé qu'on ne lui avait jamais connu. Nous allons voir !

Il commanda illico de placer de petits détachements d'Algériens dans différents quartiers stratégiques de la ville et d'établir dans la citadelle même quelques centaines de ses hommes déguisés en musulmans de Damas, puis de saboter les canons du gouverneur pour pouvoir mieux affronter ses soldats et ceux qui pourchassaient les chrétiens. Après quoi, sur un promontoire face à l'entrée de sa maison, il s'adressa aux quelque cinq cents malheureux recueillis chez lui.

Dimitrios Spartalis, le consul de Grèce, représentant de la communauté grecque orthodoxe, venait d'arriver. L'émir lui commanda de le rejoindre et dit aux gens à haute voix :

— Cette ville est perdue, c'est la permission de Dieu. Nous mourrons, mais nous ne devons pas mourir comme des lâches. Il nous faut nous battre. Comme vous ne présentez aucune cohésion dans cette ville, vous vous êtes laissés égorger sans résistance… Seuls les catholiques Grecs arabes se sont défendus vaillamment… Alors, maintenant, vous tous, ensemble, chrétiens qui êtes autour de moi, armez-vous et défendez-vous !

Les malheureux prirent des fusils et des sabres que les Algériens leur tendaient, puis attendirent de marcher dans leur quartier pour se défendre au premier signal d'Abdelkader.

Beaucoup n'avaient jamais utilisé une arme dans le but de tuer un ennemi.

— Allez, dit l'émir avec calme à l'un de ses fils près de lui. Qu'on me prépare mes armes.

Le jeune homme, après un signe de tête respectueux, sortit de la maison pour se rendre à l'armurerie.

Parmi les Druzes du Hauran, lieu de la puissante dynastie des Chéhab, Dimitrios Spartalis, consul de Grèce, avait un ami, le Cheick Assad-Amer, qui lui offrait d'aller soutenir Abdelkader avec quinze cents hommes pour faire cesser les massacres.

Le consul avait rejoint l'émir pour l'informer de l'initiative.

— Je me suis permis de lui répondre de foncer le plus vite à Damas et de se mettre à tes ordres. Ils ne devraient pas tarder…

L'émir en fut rassuré. En attendant ce renfort, les centaines de chrétiens réfugiés dans sa maison s'étaient armées comme ils pouvaient et se tenaient prêts à défendre leurs vies. L'angoisse crispait leurs visages. Celui des femmes en particulier qui tentaient de rassurer les nombreux enfants que tout cela ne durerait pas longtemps.

Chacun guettait les bruits de la rue où les assaillants pouvaient survenir à chaque instant et semer la mort.

Au bout d'une longue angoisse, les sabots de nombreux chevaux frappèrent les pavés de la rue. C'était ceux du chef Druze Assad-Amer qui arrivait en renfort avec ses troupes. L'émir les accueillit et, sans perdre de temps, leur commanda de se joindre aux Algériens pour aller se déployer dans la ville. Il retrouvait des élans de sa jeunesse quand ils combattaient les soldats français en Algérie. C'était un vrai chef de guerre, stratège intelligent. Son idéal de fraternité le revigorait à Damas encore plus qu'en Algérie. Il retrouvait les sensations des folles courses sur son cheval, Zaïm, qu'il avait préféré parmi tous les autres durant les durs combats. Il se souvenait de la phrase qu'il répétait à ses hôtes après sa défaite : « Je n'étais pas né pour être un guerrier. Je n'ai cessé de prier Dieu de me laisser revenir vers ma vocation. »

À Damas, en ces tristes jours de juillet 1860, ses sensations de guerrier remontaient en lui, alors qu'il les détestait.

Finalement, ses troupes avaient protégé la résidence où s'étaient réfugiés les chrétiens. Leur présence massive avait dissuadé les ennemis d'attaquer, cependant, montés sur leurs chevaux, les hommes ne se lassaient pas du combat dans les rues et sauvaient encore des chrétiens des griffes des tueurs. Chaque heure comptait. Comme si le sort de l'humanité en dépendait.

Plusieurs jours plus tard, quand l'intensité des massacres avait diminué, Abdelkader fut prévenu que les femmes conduites dans la citadelle et placées sous la sauvegarde d'Ahmed-Pacha, étaient encore menacées de violence par la garnison. Des milliers de malheureux qui y étaient enfermés n'avaient rien à manger. Il s'y rendit avec quelques centaines d'hommes, accompagné des consuls de France et de Grèce pour veiller à leur sûreté : les lazaristes et les sœurs de charité se joignirent à eux.

Le consul Edmond Lanusse fit acheter pour eux le pain et les denrées qu'on pouvait encore trouver en ville.

À leur arrivée à la citadelle, ils furent révoltés devant le spectacle pitoyable de ces infortunés entassés dans les vastes terrains, hommes, femmes et enfants gisant pêle-mêle à même la terre nue. Ils avaient passé ainsi des journées entières sous un soleil brûlant et des nuits glacées, sans abri, sans couverture, serrés les uns contre les autres, malades, grelottant de fièvre. Des femmes avaient accouché, d'autres avorté. Des vieillards avaient succombé à leur mauvais traitement.

Le plus morne silence régnait sur cette multitude désespérée qui suivait avec effroi les bruits du dehors et croyait la mort arrivée chaque fois que des cris se rapprochaient.

Plus tard, cinq cents familles se mirent en route pour Beyrouth à pied, escortées par un millier de protecteurs algériens, qui inspiraient une telle terreur que rarement dans la ville en furie ils n'avaient eu besoin d'utiliser leurs armes.

Ils criaient leur détermination :

— Nous sommes les Algériens ! Les soldats de l'émir Abdelkader ! Nous défendons l'honneur de l'islam ! Écartez-vous !

Ils se frayaient le passage avec bravoure. Ils ne cessaient, durant le carnage, de ramener des convois de centaines d'individus que les insurgés n'osèrent jamais attaquer. Dans les rues, sur leurs chevaux, ces musulmans, dont l'ancien pays, occupé par les Turcs, était désormais colonisé par les Français depuis trente ans, défendaient les chrétiens alors qu'ils étaient confrontés aux pires menaces, vexations et insultes de leurs « frères musulmans » qui les accusaient d'être des traîtres à l'islam en défendant les chrétiens.

Des infidèles.

En 1830, déjà, le sultan Mahmoud II de l'Empire ottoman qui légiférait pour les droits des minorités chrétiennes et juives, était traité de *giaour* par ses ennemis : celui qui défend les non-musulmans.

Les massacres ne prirent fin qu'après une semaine. Des jours interminables. Une éternité. Après quoi, sous la pression des puissances étrangères, trois mille hommes de troupes régulières turques arrivés de Beyrouth cernèrent la ville et un désarmement général fut ordonné. Le gouverneur Fouad-Pacha, qu'on soupçonna d'avoir laissé faire les massacres, jura sur les décombres des quartiers détruits de punir les coupables et de réparer les dommages causés aux chrétiens. Il demanda à ceux qui s'y trouvaient encore, de sortir de la citadelle sans crainte, mais tous exigèrent d'être accompagnés par les Algériens d'Abdelkader en qui ils avaient pleine confiance. Personne d'autre.

Fouad Pacha en prit ombrage.

Le soir, l'émir fut reçu à la citadelle. L'entretien ne fut pas diplomatique, tant s'en faut. Abdelkader lui reprocha de ne pas lui avoir livré les centaines de fusils promis pour arrêter les massacres. Il en était donc responsable et l'émir n'allait pas manquer d'informer Napoléon III à Paris.

Le gouverneur ne voulut rien entendre. Il ne céda pas à la menace. Au contraire, son irritation contre les Algériens augmenta. Il traita l'émir de « Français » et lui redit qu'il n'avait aucun droit d'intervenir dans le contentieux de l'Empire ottoman avec les chrétiens.

« La Syrie n'est pas la France, ni l'Algérie. »

Il fit aussi remarquer qu'en arrivant à Damas, les Algériens d'Abdelkader qui fuyaient leur pays pour se soustraire à la domination française, bénéficiaient d'un statut beaucoup plus enviable que celui qu'ils avaient dans la colonie où ils n'étaient que « sujets français ». Les Syriens et les Turcs n'appréciaient pas ce privilège de nationalité octroyé à l'émir par un pays puissant qui leur avait ravi l'Algérie grâce à sa redoutable armée.

Devant lui, Abdelkader regretta que les Turcs aient abandonné la partie trop rapidement face à l'agression coloniale française en 1830, qui émanait d'infidèles sur des terres musulmanes. Mais déjà, Fouad Pacha qui continuait de fumer son chibouk en rejetant la fumée au-dessus de sa tête, ne l'écoutait plus. La rupture entre les deux hommes était consommée. Ils n'auraient plus aucune influence sur l'histoire dans cette partie du monde. Les nations européennes allaient en décider.

Après huit jours de pillages, d'incendie et de massacres, les émeutiers laissèrent les quartiers chrétiens de Bab Touma et Harat-El-Nassara en ruines. Ses dix mille habitants avaient fui. Des centaines de maisons, magasins, bâtiments et lieux de culte avaient été détruits, des milliers de chrétiens assassinés chez eux, dans la rue ou dans les maisons de leurs voisins musulmans.

Un seul notable sunnite du quartier, Mustapha Bey al-Ḥawasli, avait tenté de s'opposer à l'insurrection. L'histoire n'allait hélas jamais retenir son nom.

Le dispensaire des Sœurs de la Charité naguère si utile contre les épidémies qui avaient décimé les habitants, était aussi en ruines. L'incendie du lieu qui était celui de tous ceux qui cherchaient la paix, en disait long sur la haine destructrice et meurtrière qui pouvait se loger dans le cœur des hommes.

Beaucoup de cadavres gisaient encore sous les décombres des maisons brûlées, dans les citernes et au fond des puits. L'odeur était pestilentielle. Les chiens rôdaient de plus en plus nombreux dans les parages pour décortiquer ce qu'ils pouvaient rogner sur les corps déchiquetés.

Les émeutiers, décidés à anéantir la présence chrétienne de la ville, avaient même brûlé les archives.

La tragédie s'était déroulée comme le passage d'un ouragan dont on sait dès le début qu'on ne se remettra pas avant longtemps, si on y parvient un jour.

Quand le calme revint en ville, que les cendres de la haine redescendirent comme des flocons noirs, après la mort d'Elias, Ibrahim, amputé de sa moitié, son ami, son frère, plongea dans la nuit totale où il n'avait de cesse de penser à Suzanna. Si elle l'avait attendu près de la fontaine comme prévu, elle avait sans doute été tuée par les émeutiers, malgré son déguisement que lui avait sans doute procuré Anna. Ou pire, vendue dans un harem. Il ne saurait jamais. C'était la plus terrible des punitions, ne jamais savoir.

Ne lui restait comme consolation que Noir-Blanc qui tentait à chaque instant de l'encourager à goûter encore la vie. Il le caressait avec son museau, lui léchait les pieds, murmurait des plaintes dans sa langue canine.

S'il avait su chanter, il l'aurait fait.

Hélas, les forces abandonnaient son nouveau maître qu'il connaissait depuis quelques heures à peine. Avec Elias, il avait trouvé la vie. Sans lui, il allait replonger dans sa nuit. Son nouvel ami le chien aurait tant aimé l'assurer que désormais, il serait son guide dans la ville, il la connaissait par cœur, lui aussi, il apprendrait les endroits où il aimait se rendre, enregistrerait le chemin dans sa mémoire, compterait les pas, comme lui savait le faire, il ne faillirait jamais à son devoir de fidélité jusqu'à la mort. Lui n'avait de religion que celle de l'amitié et de la fidélité. Sa dévotion.

Hélas, son maître ne put s'accrocher à ce brin de lumière, alors qu'il avait professé toute sa vie qu'il fallait y croire et avancer, malgré les épreuves. Il ne s'alimentait plus et dépérit sous les yeux de son nouveau compagnon à quatre pattes.

La nuit où il s'endormit et s'éteignit comme une bougie en fin de suie, Noir-Blanc aboya sans répit. Descendus du ciel, la lune et les étoiles se rapprochèrent de lui comme des feux follets pour illuminer le bonheur qu'il avait su distiller aux humains. C'était écrit dans les lignes de sa main.

L'Envoyé, c'était lui.

Ibrahim Nour.

Un messie.

Après avoir veillé le corps des heures durant, le matin, dans l'aube aux doigts de rose, Noir-Blanc quitta la maison en laissant son regard traîner tristement derrière lui, la queue basse, l'âme en peine. Au moins, il avait connu la véritable amitié, devait-il se dire, même si c'était pour une trop courte durée.

Il partit seul se perdre dans les ruelles de Damas, incendiée par les rayons orange du soleil levant. Il redevint le chien errant qu'il avait été auparavant. Dans la vie des chiens, comme dans celle des humains, il fallait toujours tout reconstruire, dans un éternel recommencement pour se frayer un chemin.

C'était aussi écrit sur les lignes de la main de l'univers. D'Ibrahim et Elias, les deux inséparables moitiés, musulman et chrétien, aveugle et paralytique, ne resterait dans l'histoire qu'une photo prise par un drôle de photographe, Tancrède Dumas, en 1860, à Damas devant le *Café des Rosiers*.

Vingt-trois ans plus tard, le 26 mai 1883, l'émir Abdelkader mourut à Damas dans son palais de Doumar. Sans jamais avoir revu son pays natal, l'Algérie qu'il portait toujours dans son cœur meurtri.

Le soufi fut enterré près du mausolée d'Ibn'Arabi.

Pendant les massacres de juillet, souvent il avait demandé à Samir, le gardien de la porte, des nouvelles des deux amis qui l'avaient tant ému, avait imploré de les secourir, promis de les aider, juste au moment où la tragédie avait commencé. Mais pressé par l'urgence de sauver des vies chrétiennes, il n'avait pas eu le temps de leur offrir l'hospitalité sacrée, ni de pourvoir à leurs besoins essentiels. Dans le chaos et la cohue, personne n'avait pu lui fournir la moindre information. Il avait recommandé à ses hommes de les chercher partout dans la ville, fouiller les lieux où ils auraient pu aller chanter, les cafés, les fontaines, les terrasses, les places, les jardins, ils étaient à ses yeux des anges envoyés par Dieu pour raffermir les forces de l'amour et de l'amitié. Ils ne pouvaient disparaître sans laisser de traces. C'était impossible.

Hélas, à cette époque, les pauvres orphelins des quartiers abandonnés mourraient comme ils étaient nés, sans lumière, dans l'anonymat et la misère.

En catimini, Mourad le voleur des ruelles, fils d'une gitane cartomancienne, aidé par des gens des baraques, enterrèrent Elias près du mausolée d'Ibn'Arabi en faisant des prières chrétiennes et musulmanes, et d'autres encore, silencieuses.

Comme l'emplacement était interdit, sur sa tombe, il n'y eut pas d'épitaphe. Jamais personne ne sut donc l'endroit exact de l'inhumation. Il se disait seulement à Damas, comme une énigme, que le lieu était constamment recouvert d'un grand tapis de coquelicots au printemps, souvent après, et même avant. Le plus beau d'Orient.

Aujourd'hui encore, le mystère demeure dans la poussière ocre des plaines de Syrie.

Ibrahim fut inhumé par ses voisins les pauvres derrière la cabane où il s'était éteint. Une modeste plaque commémorative, rédigée sur un bout de bois par des enfants, ornée de dessins et de portraits de son visage lumineux, fut dédiée à « Ibrahim Nour, chanteur merveilleux protégé de Dieu. »

Les nombreux rosiers plantés autour de sa tombe par les gens des taudis donnèrent chaque année des fleurs blanches, rouges et brunes, les couleurs de celles qui furent trouvées collées sur son cœur à sa mort.

Personne ne sut jamais ce qu'était devenu Noir-Blanc. Tout le monde espérait qu'il avait rencontré l'amour dans une ruelle de la vieille ville, près d'une fontaine, sous les voûtes colorées des orangers, des citronniers et des figuiers. On racontait aux enfants qu'il avait formé un couple aussi heureux qu'Ibrahim et Elias, qu'il avait fait des petits, et qu'avec sa famille, il vécut heureux le reste de sa vie autour des murailles de la citadelle.

Jamais il n'allait oublier ses deux délicieux amis qui l'avaient accueilli dans leur réduit, où il avait pu donner, quelques heures, un sens à sa vie.

***

C'était dans l'ordre des choses. Après les massacres des chrétiens de Damas, la France de Napoléon III envoya une flotte de bateaux pour rétablir son autorité dans la région. C'était encore une de ces missions, toujours provisoires, au Liban et en Syrie, forcément, tant l'équilibre entre les communautés et les religions resterait fragile et toujours précaire par ici.

***

L'émir Abdelkader, l'Algérien, fut honoré dans le monde entier pour avoir porté secours aux chrétiens

et érigé,
au péril de sa vie,
comme un étendard au ciel dressé,
son cri d'amour et de fraternité.

Bibliographie de l'auteur

1986 – *Le Gone du Chaaba,* Le Seuil

1989 – *Béni ou le Paradis Privé,* Le Seuil

1990 – *Les voleurs d'écritures,* Le Seuil

1991– *La Force du Berger,* La Joie de lire (Genève)

1992 – *Jordi ou le rayon perdu,* La Joie de lire (Genève)

1992 – *L'îlet-aux-Vents,* Le Seuil

1992 – *Les tireurs d'Etoiles,* Le Seuil

1993 – *Une semaine à cap maudit,* Le Seuil

1994 – *Le temps des villages,* La Joie de lire (Genève)

1996 – *Ma maman est devenue une étoile,* La Joie de lire (Genève)

1996 – *Mona ou le bateau-livre,* Éditions du Chardon Bleu, Lyon

1996 – *Les chiens aussi,* Le Seuil

1997 – *Quand on est mort, c'est pour toute la vie,* Gallimard-Jeunesse

1997 – *Dis oualla !* Fayard, coll. Libres

1998 – *Zenzela,* Le Seuil

2000 – *Le passeport,* Le Seuil

2001 – *Ahmed de Bourgogne,* Le Seuil

2002 – *Le théorème de Mamadou,* Le Seuil

2002 – *Un train pour chez nous,* Thierry Magnier Éditeur, Paris

2004 – *Le marteau pique-cœur*, Le Seuil

2006 – *L'île des gens d'ici*, Albin Michel Jeunesse

2007 – *Un mouton dans la baignoire*, Fayard

2008 – *La guerre des moutons*, Fayard

2009 – *Dites-moi bonjour !* Fayard

2010 – *Le copiste de Beaumarchais*, Naïve

2011 – *Celui qui n'est pas né de la dernière pluie*, Éditions Larousse, coll. Petits contemporains

2012 – *Salam Ouessant*, Albin Michel

2012 – *Leçons coloniales*, Bande dessinée, Éditions Delcourt, Paris.

2014 – *L'émir Abdelkader*, Bande dessinée, Éditions Dalimen, Alger

2017 – *La Voix de son maître*, La Joie de Lire, Genève

2018 – *Mémoires au soleil*, Le Seuil

2018 – *Lettres pour les jeunesses arabes*, avec Sébastien Boussois, Erick Bonnier éditions

2019 – *One, two, free, viva l'Algérie*, Erick Bonnier éditions

2021 – *L'arbre ou la maison*, Julliard

2022 – *Les Français n'ont pas dit leur dernier mot*, Plon

2023 – *Né pour partir*, Éditions Milan

Éditions Erick Bonnier
5, rue du Helder
75009 Paris

N° d'impression :